天降好友

[德]安妮・格勒格尔 著
[德]弗雷德里克・贝特兰德 绘
周杨胡令 译

中信出版集团 | 北京

图书在版编目（CIP）数据

天降好友 / (德) 安妮 · 格勒格尔著 ; (德) 弗雷德里克 · 贝特兰德绘 ; 周杨胡令译 . -- 北京 : 中信出版社 , 2023.5

ISBN 978-7-5217-5319-6

Ⅰ . ①天… Ⅱ . ①安… ②弗… ③周… Ⅲ . ①儿童小说 - 长篇小说 - 德国 - 现代 Ⅳ . ① I516.84

中国国家版本馆 CIP 数据核字 (2023) 第 022898 号

天降好友

著　　者：[德] 安妮 · 格勒格尔
绘　　者：[德] 弗雷德里克 · 贝特兰德
译　　者：周杨胡令
出版发行：中信出版集团股份有限公司
（北京市朝阳区东三环北路27号嘉铭中心　邮编　100020）
承 印 者：北京中科印刷有限公司

开　　本：880mm × 1230mm　1/32　　印　　张：6.75　　字　　数：110千字
版　　次：2023年5月第1版　　印　　次：2023年5月第1次印刷
京权图字：01-2022-5706
书　　号：ISBN 978-7-5217-5319-6
定　　价：35.00元

嘿，我是“小死神”……

你也可以叫我弗里达。

目 录

第 1 章
一个生死攸关的问题

这是一个生死攸关的问题，从现在开始不能再出纰漏！

电极是否就位？

已就位！

心电图机一切正常？

正常！

秒表准备好了？

准备好了！

一切准备就绪！我们可以开始了。

我必须承认，我有点儿紧张。有些事情无论做过多少次，再碰到的时候还是会很兴奋，应急演练就是其中之一。我的胃正在咕噜作响，但它已经没什么可消化的了，只剩下上午茶还在胃里翻滚。不过，它现在很可能已经转移到肾脏，马上就要进入膀胱，因为我感觉到了一阵尿意。我的心脏在狂跳，它没法骗过心电图机的检查。此时，我的心电图就像海啸一样。

心电波显示在屏幕上，每道波代表一次心跳。心脏跳得越快，产生的波就越多。正常的心电波意味着心脏充满动力，身体在正常运转。如果屏幕上不再有波形，代表你可能已经死了。死亡是一个快速的过程，就像屏幕在刹那间熄灭一样。

房间里很暗，我只能看到家具的影子。很好，这样的环境非常适合应急演练！我让自己轻轻躺倒在身后的扶手椅上，深吸一口气……就是现在！我猛地把电极从胸口上扯下来，随后发生的事情都在计划之中：电极感觉不到心跳了，电波不断减弱，屏幕上的波形逐渐变小，直到剩下一条直线。心电图机响起了警报，我则立即启动了秒表。

二十三秒后，门打开了，有人冲进了房间。我不知道是谁，但看起来事情并不顺利。起初是短暂的隆隆声，然后是一声尖叫。啊哈，是护士艾达！她一定是在找电灯开关的时候撞到了我打开的抽屉。艾达在地上喘着气，通过影子，我看到她正努力站起来，但马上又倒下了。

“该死！”艾达大叫。

一定是液体香皂发挥了作用。之前我把它洒在地板上，用来模拟病人的呕吐物。人们经常在心脏病发作前呕吐，不是吗？在医院里，想得到真正的呕吐物并不难。但说实话，那得有多恶心啊！而且非常不卫生！

艾达终于站起来了，她摸索着穿过房间。真是难以置信！尽管她已经在这家医院待了这么多年，但她对这个地方还是不够了解。她到现在还没找到急诊病人的位置——那张我用毯子和枕头伪装成病人躺着的床。速度这么慢，病人生还的希望也在一点一点地消失。

两分过一秒、两秒、三秒、四秒——我紧盯着秒表——五秒、六秒、七秒、八秒。艾达终于到达床边，关掉了警报器。与此同时，我按停了秒表，打开灯，责备地望着她：“你太慢了，艾达，这一次还是太慢了。”

艾达的脸涨得通红，生气地说：“哼……我太慢了？这个月的应急演练，我只有两例死亡病例。我觉得自己很棒！”

面对缺乏自我批评的艾达，我只能摇摇头。她丝毫不明白情况的严重性。“艾达，两例死亡病例一点儿也不好。”我把艾达的行动时间记录在笔记本里。她固执地说：“得了吧！十次应急演练中才出现两次失误，这个成绩不错了。顺便说一句，是哪个坏家伙打开了抽屉？”艾达闻了闻她的手：“还洒了液体香皂。”

“这有什么，现实中你很可能遇到这样的情况，”我告诉她，“忘记关上的抽屉和地板上的呕吐物，你必须预判这些突发状况。”

“哦，预判！”艾达笑着说，“你知道这不是我的强项。”是的，我知道她不擅长预判。如果艾达擅长预判，她就会知道，二比十意味着一个人有20%的概率在她的照顾下死亡，这概率简直高得离谱！但我最好还是别告诉她了。六个月前，就因为我给了艾达一份清单，上面列举了她的工作缺点——她做错了什么，可以改进哪些地方——她两天都没跟我说话，三次让我在应急演练中因为各种原因死去，失血过多、中毒、中风！有些人就是接受不了批评，所以我得小心考虑怎么告诉她，她该多做点儿运动，少吃点儿巧克力。不过，我的目光好像已经出卖了我。

“你觉得我变胖了吗？”

我不确定这是不是一个诱导性的问题，如果我回答

“是”，艾达会不会立刻把我的头拧下来。最好还是圆滑一点儿吧。我给她看了她过去几年的行动记录：“无论如何，你并没有随着时间的推移变得更快。”

“所以你觉得我又老又胖？”

这种讨论毫无意义。对我来说，最好的办法就是闭上嘴，继续从护士站偷走她的巧克力。毕竟，巧克力才是问题所在。有幸康复的病人出院时会用巧克力和糖果感谢护士，我认为这种行为是不负责任的。过量摄入糖分会诱发糖尿病、脂肪肝和心脏病。而且，医院的工作人员不仅会把自己吃进坟墓里，还会把其他人也带进坟墓。因为当医生、护士和其他护理人员变胖时，他们的速度就会减慢，如果他们在紧急情况下反应迟缓，病人就有生命危险。为了让这里的每个人保持健康，我真是操碎了心。我甚至不能想象，如果我出院了，这里将会发生什么。艾达似乎也在想同样的事情，她看起来有点儿悲伤：“没有你，这里会变得无聊至极。”我叹了口气。要是我真的走了，我猜她会有生命危险。但归根结底，结局都一样。

趁我没留神，艾达又做了她想做的事。

“艾达！”我喊道。可惜太晚了，她拉开了窗帘，阳光照进了房间，我不得不眯起眼睛。天啊！艾达知道我讨厌阳光。不过，她表现得很无辜。

“怎么了，塞缪尔——我的阳光？”

“拉上窗帘！”

“哦，来吧，一点点阳光不会造成什么伤害！”

艾达应该把这些话告诉她照顾的皮肤癌患者，他们会让她知道阳光的危害。如果我告诉她为什么我不喜欢打开窗帘，她就不会取笑我了，还会用木板把窗户封起来。我没有告诉她，是因为这不关她的事，也不关其他任何人的事！这就是为什么凡事我都亲力亲为。我走到窗前，拉上窗帘。

我不想看窗外，但我还是瞥见了地平线上的山脉。你很难忽略这样的景色：群山被白雪覆盖，在阳光的照耀下闪闪发光。雪山爱闪光就闪光吧，我不想看到它。我把窗帘拉到只剩几毫米宽的缝隙，连最小的山峰也看不见了。

艾达咧嘴笑了。我的反应对艾达来说并不稀奇，但这个笑容……她肯定又在打什么歪主意了。到底是什么呢？糟糕！虽然我的视线没有离开过艾达，但我还是慢了一步。她从长袍里拿出一卷胶带，再次拉开窗帘，并把它们贴到了墙上。我早该料到，只要艾达想，她就可以用最快的速度行动。显然，她觉得应急演练不如她的恶作剧重要。有时候我会想，这到底是医院还是幼儿园。我永远无法回答这个问题，因为我从来没有去过幼儿园。我十一岁了，现在去幼儿园已经太迟了。别的不说，我反正是不会自己跑到幼儿园里去的。除了公共厕所，幼儿园是世界上最脏的地方之一。那里到处都是穿着尿不湿、流着鼻涕的小孩子。太恶心了，我甚至无法想象有多少病菌在那里肆虐！这里的病菌就够我受的了，比如胶带上就粘着数不清的病菌。我伸手去拿口袋里的消毒喷雾。妈妈为我缝制了一条腰带，左右各有两个口袋。就像牛仔随身带着手枪一样，我总是随身带着消毒喷雾。我不会去碰任何没有消过毒的东西。

我感觉到背后投来艾达的目光。我了解这种目光，就算闭着眼睛或只用后脑勺也能认出它。这种目光意味着同情，而我已经受够了同情。我是与众不同的，一直都是这样。从我有记忆开始，我就一直在生病。我生来就有一个二等的免疫系统，呃……甚至可能是三等或四等的。坦白说，你也可以说我的免疫系统是垃圾，它没有巨大的防御墙和灵敏的警报系统。我的免疫系统只是一个破旧的栅栏，它对每个病原体说“欢迎”。所以，我宁愿住在医院里，这里对我来说更安全。不过，等治疗成功后，我就可以换地方住了。我已经移植了新的干细胞，如果它们开始正常工作，我的免疫系统就会焕然一新，我也就可以回家了。

搞定！窗帘被扯开了，我又把它拉上了。

“塞缪尔！”莉斯贝丝在叫我。她、鲁迪和马克斯医生一起站在门口。马克斯医生是我的主治医生，我们已经认识很多年了。鲁迪和莉斯贝丝是我的父母，我认识他们的时间比认识马克斯医生的时间更久。不要感到惊讶！我不叫鲁迪和莉斯贝丝爸爸和妈妈，我从来不叫爸爸妈妈。虽然在儿童病房里，太多人喊“爸爸”和“妈妈”了，但我觉得在这里最好直呼父母的名字，这样更容易获知真实的病情。

鲁迪和莉斯贝丝神情严肃，但马克斯医生看起来最认真。艾达对我鼓励似的笑了笑，然后出去了。是时候了，我马上就能知道治疗的结果了。莉斯贝丝再也无法控制自己的表情，开始啜泣。妈妈的哭泣说明了一切——治疗没有效果。好吧，还能怎么样呢？我必须接受事实，反正已经这样过了十一年了。但莉斯贝丝似乎比我更难接受这个消息。她冲过来想抱住我，我却不希望她离我太近。我迅速伸出手，用消毒喷雾向她喷去。

她停下来，举起双手说："我已经消过毒了。"我闻了闻，消毒剂的气味简直无可挑剔。我允许莉斯贝丝走近一点儿。但她走得太近了，我们之间甚至连一张纸都放不下。她紧紧地抱着我，贴着我的脖子轻声说道："我们成功了。治疗起了作用，我亲爱的孩子！"

什么？我完全搞不清状况了。我挣脱她的怀抱，疑惑地看着她。莉斯贝丝笑着流下了眼泪。我要怎么理解她的表现呢？我希望她能意识到从她那里发出的信息是多么含糊不清。我需要事实，并期待着马克斯医生来解答，毕竟他是科学家。但马克斯医生以一种不科学的方式微笑着点了点头。所以这是什么情况？治疗有效果吗？有效？无效？也许有效？为了弄清这一点，我向马克斯医生伸出了手。他明白了我的意思，于是把检查结果递给我。

这是真的！简直难以置信！文件中白纸黑字地写着治疗有效。这个疗法起了作用。从结果上看，我的免疫系统已经从一个垃圾场变成了一个有高墙和护城河的城堡。

“你可以回家了。”马克斯医生说，脸上绽放出我从没见过的灿烂笑容。与此同时，莉斯贝丝也停止了哭泣，她和鲁迪一样喜笑颜开。

我可以回家了。这是真的吗？这一切是不是进展得有点儿快？“那么副作用、复发的风险和……”

马克斯医生打断了我：“只要你定期来做检查，坚持服药，你就可以过上正常的生活。”正常的生活？我倒在床上。我需要点儿时间来消化这件事情。

然而，恐怕我没有太多时间，莉斯贝丝和鲁迪已经迫不及待地要和我一起离开医院了。他们迅速收拾好了我的行李，只剩防护服挂在柜子里。我把它穿上了，这是我最重要的一件衣服。它是一件黑色的连体衣，外面是一层用硬塑料制成的保护套。当我把防护服穿上时，看起来就像藏在了鳄鱼形状的装甲车里，这让我觉得自己强壮且无懈可击。这当然是胡说八道了！如果真的有车来，我还是会被压扁。但我的防护服能保护我不受磕碰。就我的病而言，一点儿磕碰可能很快就会引发内出血，而内出血是很危险的。你从外表看不出任何问题，但是在身体内部，血液不再流向它该去的地方，而是流向任何地方。没有比这更糟糕的了。如果血液不遵守流动的规则，器官就会停止运转，结果就是死亡。我有两次内出血的经历，所以无论如何，我都不会不穿防护服就出门。

“你不需要它了。”鲁迪说。他对我的忧虑一无所知，所以我没理会他，径直钻进了我的防护服。

“你好，塞缪尔！”

我抬起头，发现麻烦找上门了，是林德夫人。怎么又是她?! 林德夫人是医院的儿童心理学家，她总是想和我谈谈。但我从不想和她谈话。因为她总是不同意我的观点，而且喜欢问不中听的问题。

“你怎么还穿着防护服呢？”

我就知道！她又问了一个讨厌的问题。我先试试无视她的策略，说不定今天林德夫人有一个紧急约会，会自觉地离开……

不！真倒霉！她今天似乎有的是时间。那我就试试和她讨论一个无可辩驳的问题，因为这已经是既定的事实了：“您知道，每72秒就有1个人死于事故，而我们在成千上万的疾病面前束手无策。还有无数的病毒和细菌，我们甚至并不清楚它们有多危险。”

嘿！这招成功了。林德夫人保持了沉默，至少目前是这样，因为她摆出一副我懂你的样子，这通常意味着她还会说些什么。我猜对了。“世界是一个危险的地方。”她说。

她说得很对。正是因为这个原因，仅仅靠我的防护服是不够的。我戴上口罩，戴上乳胶手套，系上喷过消毒喷雾的皮带，唯一缺少的是我的头盔。它不仅能防止各种头部伤害，还能阻挡不受欢迎的谈话对象。倒霉的是，头盔正躺在我的床上。林德夫人看着我，而我盯着头盔。我知道仅仅是朝着床铺走的这点儿时间，她还会继续提问。

“你害怕在你身上发生和托比一样的事情吗？”林德夫人的问题越来越触及个人隐私。她不是真的认为我会回答这个问题吧，我甚至都没有考虑过！

当然，我确实担心和托比一样的事情会发生在我的身上，但这不关林德夫人的事，这不关任何人的事！她应该离我远点儿。我戴上头盔，放下面罩，然后就和她再见了！

大家都聚集在走廊上向我告别，有医生，有护士。他们站成一排。我慢慢地走到他们身边，与他们一一握手。莉斯贝丝和鲁迪拥抱了他们。我没有拥抱他们，这对我来说太危险了——有病菌。

我穿着防护服，走起来不怎么快。这当然是穿防护服的缺点，但也让我有时间再看一下所有的人。我认识他们当中的大多数人已经很多年了。他们很高兴我可以出院了。看来，出院已经不是我一个人的事了。

有些人甚至高兴得要哭了。艾达在她的长袍上擦拭泪水。奇怪的是，我的眼睛也变得有点儿湿润了，好在没有人注意到这一点。

鲁迪和莉斯贝丝为每个人都准备了一些东西。我真不敢相信！竟然是巧克力！他们也想给艾达一些，我必须阻止他们。

我朝艾达走过去，然后假装绊倒，同时推了她一下。不出所料，艾达失去了平衡，巧克力掉落在地上——这就是我的目的。我在巧克力上面扑腾，我的屁股做得很好，巧克力被压扁了。艾达叹了口气，而我满意地笑了。下一个急诊病人真应该感谢我。

第 2 章
你不能这样生活！

生命是宝贵的，我们要珍爱生命。但我的父母似乎不明白这一点，准确地说，只有鲁迪不明白这一点，莉斯贝丝还是站在我这边的。

冬天的时候，鲁迪问我："我们去堆雪人好吗？"

春天的时候，鲁迪问我："你想试试新的自行车吗？"

三天前，鲁迪问我："你想去公园里散步吗？"

每当鲁迪问我这些问题时，我都会用下面的话向他解释一遍。"每年有 2 万人死于流感，每 9 起交通事故中就有 1 起发生在骑自行车的人身上，每年有 3 个人死于狂犬病。"

鲁迪很烦人，他已经连续半年这样了。自从我出院后，他几乎每天都在绞尽脑汁让我走出公寓。他明明知道我不打算出门，除了去医院做检查，我都不出门。

“你不能这样生活！”他总是这么说，但我认为这是我的事。我喜欢安全的生活，家是最安全的地方。当然，地堡会更安全。不过我已经问过鲁迪和莉斯贝丝了，他们不想给我买地堡。

所以，我只能用更简单的方法来构建更安全的生存环境。我用厚厚的布包裹住家具的角和边缘，这样可以大大降低碰撞和挫伤的风险；我在床头柜上备好一瓶满满的消毒喷雾、一盒口罩和一盒乳胶手套；我把急救箱放在衣柜旁边醒目的位置。自从上次鲁迪从我这里偷了一片创可贴之后，我每周都要检查一次急救箱，确保它装备齐全。事实证明，“室友”的作用更大，例如我的袖珍椰子。它是莉斯贝丝送我的礼物，可以净化房间里的空气。

我每天早上做体操用的弹力带也是好帮手。强调一下，我锻炼的时候窗户是打开的，所以不用出去也可以呼吸新鲜空气。运动后，我甚至会把脸暴露在阳光下整整十五分钟——我这类皮肤晒那么长时间就够了。毕竟，我得补充维生素 D，我可不想得骨质疏松症！

“你要一起去游乐场吗？”

鲁迪真的很固执，而且很疯狂！

“游乐场上有孩子。”我向他解释。鲁迪不明白我为什么这么说，我必须解释得更清楚一些：“一个普通成年人每年最多生2次病，而一个普通儿童最多会生12次病。儿童的患病率是成年人的6倍，儿童传播病原体的概率是成年人的6倍。也就是说，孩子是危险源！”

鲁迪不知道这一点。他还没来得及反驳，我就补充说道：“我不想和其他孩子有任何接触。”

他的脸上写满了失望。

“我们可以在这里玩！”我提议。鲁迪笑了，但我知道他现在准在想，没能有个正常的孩子和他一起做正常的事情是多么遗憾。鲁迪只有我这么一个孩子，我们都必须接受这个事实。

“你想不想去上学？”他盯着我看了一会儿后问道。实际上，他知道答案。但是为了避免引起任何误解，我回答道：“完全不想！”

我对在线课程非常满意。我每天都通过视频与老师克里斯蒂安交谈，他是个能干的人——大部分时候我是这样认为的。只不过在暑假前的最后一课，我们产生了点儿小分歧。克里斯蒂安想让我相信死亡实际上是一件好事。“你不觉得如果没有死亡的话，生活会很无聊吗？”他说，“正因为我们的时间是有限的，所以生命才如此珍贵。”

这个观点我绝不同意。事实上，如果没有死亡，生活里就会少很多危险。如果人不会死，那将是世界上最好的事情。当然，我们应该找到一个解决人口过剩问题的办法。这样一来，没有人会因为死亡而感到悲伤，没有人会因为孤独而感到寂寞，最重要的是，没有人会害怕死亡。死亡是生命中最糟糕的事情，我知道自己在说什么。

我有七次差点儿死掉的经历：五次因为肺炎，两次因为内出血。有一次，我看到了他——死神。我知道那只是个梦，但我以前从没那么害怕过。

那是两年前的事了。当时，我得了严重的肺炎，待在重症监护室。我不太好。老实说，非常糟。我的父母日夜陪伴着我。只是在我看到死神那一刻，他们不在旁边。当时，死神站在离床不远的地方。一开始他什么都没做，只是看着。我闭着眼睛，但不知道为什么，我仍然能清楚地感知他在做什么，就像在梦里一样。过了一会儿，我感觉到他走近了，越来越近。我睁大眼睛盯着他的脸，如果那也可以算得上是张脸的话，但我只看到一团黑。尽管如此，我还是感觉到他在微笑，甚至有点儿……友好。

死神很高大，比我高得多，也比一个高个的成年人高得多。镰刀立在他的旁边，闪闪发光，锋利无比。我想把目光移开，但眼睛不听使唤。我想大声尖叫，但声带罢工了。我只能待在原地，瑟瑟发抖。我感到很害怕——我不想死！

因为不能动弹，我的心脏就代劳了。它跳得如此之快，仿佛想要逃跑。但是，它很快就耗尽了力气，跳得越来越慢，而我的呼吸也越来越迟缓。我变得比以前更累了，疲倦至极。我深深地陷入枕头里，眼睛也睁不开了。

如果当时没有托比，我不知道会发生什么。就在那时，他突然出现了，我感觉到他把手放在了我的手上。

“塞缪尔！你不能死！你听到了吗？你不能死！”

我听到托比在哭，本想和他一起哭的，但恐惧让我失去了力气。我喘着粗气，呼吸困难。

突然间，我感到手指间有一个冰凉的金属物。我立刻反应了过来，一个锁扣——我的锁扣。

“你答应过我的！”托比在我旁边抽泣着。也许是因为要信守诺言，也许是因为听到托比哭了，我的心很惶恐，它又跳了起来，呼吸变得轻松了。死神消失了。

我睡着了。之后的日子，我的肺炎痊愈了。

为此，我得到了第七枚生存勋章。我度过了生命中最糟糕的一天，真是难以置信！

几周后，托比没能得到他的第六枚生存勋章。

现在我有两个锁扣了，绿色的锁扣是我的，红色的

锁扣是托比的。还有一个我必须信守的承诺。

“你可以在学校里交到新朋友。”鲁迪说。我花了一些时间才从回忆中回到现实。我不经常想托比，我尽量不经常去想他。然而，这比我想象中要难得多。

我看着鲁迪，琢磨他的意思。

新朋友？是啊！但我不需要他们。为了不让鲁迪责备我不合群，我说“我有弗兰克”，并指向窗户。弗兰克是住在角落里的小织工。莉斯贝丝想把它吸走，我阻止了她。毕竟，弗兰克是完全无害的。

“那不是朋友，是蜘蛛。”鲁迪说。

“这是歧视。”我说。

鲁迪翻了翻白眼。

“塞米，你不能这样生活。”他说。这句话我不知道听过多少次了。但为了让一切如常，我也说了同样的话：“我怎么生活是我的事。”

鲁迪叹了口气，我也是。我们在兜圈子。几个月以来，我们就像两个战士，互相埋伏，寻找对手的弱点，然后试图击倒对方。到目前为止，一切都是徒劳，没人赢得这场比赛。

“由着他吧！”莉斯贝丝试图结束今天的这场战斗。

但鲁迪还没说够，他摇摇头：“塞缪尔会错过他的人生。”

“重要的是他还活着。”莉斯贝丝回答。

鲁迪看着莉斯贝丝，好像她已经失去了理智。他有了一个新的对手。

“你呢？你又在干什么？”他对莉斯贝丝冷笑道，“看吧，你也会错过你的人生。”

莉斯贝丝眯着眼睛看着我，用嘶哑的嗓音说：“现在还不行！”

她准备离开房间，鲁迪跟在后面。“哦？现在不行，那什么时候才可以？”他问道，“等我们死了，一切就都晚了……”

砰！我在鲁迪身后关上了门。

“塞缪尔，我们得走了！”鲁迪打开房门的时候，我仍然坐在沙发椅上。我才不要做任何事情！在这之前，鲁迪和莉斯贝丝已经偷偷地给林德夫人打了电话。我早知道鲁迪会这样做，但没想到莉斯贝丝也和他一样。直到吃早餐的时候，他们才告诉我帮我约了林德夫人。经典的突袭战术，但不是站在我这边。

“亲爱的，咱们先尝试一下，看看适不适合你。”莉斯贝丝露出了我最喜欢的笑容。通常情况下，我不会拒绝她，但今天不行。这个叛徒！

没有什么可考虑的！林德夫人和她的心理自助小组应该离我远一点儿。

“和一群生病的孩子吵吵闹闹地待在一个房间里？我还没活够呢！”

“塞缪尔！我们现在出发！”鲁迪严厉地说。你爱做什么随你的便！不管怎样，我都会留在这里。他还能做什么，关我禁闭作为惩罚吗？哈哈。

但我不想被禁足，我建议道："如果你真的想让我交朋友，就给我买个机器人吧！至少它是无菌的。"

鲁迪怒视着我。这个人完全不知道妥协。

"塞缪尔！"他又叫了我一声，神情非常严厉。

"鲁迪，也许我们应该顺其自然。"莉斯贝丝低声说。

鲁迪想把我抬出房间，但我紧抓着门框不放。"放开我！"我喊道。

"快把他放下来！"莉斯贝丝喊道，她一定记起了自己站在哪一边。

"我才不会看着塞缪尔在这里发霉。"鲁迪说着，更加用力地拽我。我的手指慢慢地滑了下来。

"强迫解决不了问题！"莉斯贝丝说。

"待在这里也解决不了问题。"鲁迪反驳道，把我抬到了走廊里。我的手指松开了，莉斯贝丝也是。她难道不明白，这些话对鲁迪无济于事吗？我早就知道了，就算使出全身力气大喊大叫、拳打脚踢，他也没有松手。最后，莉斯贝丝好像明白了该怎么做。她抓住我的胳膊使劲拉，想把我从鲁迪的控制中解救出来。而另一边，鲁迪紧紧抓住我的腿。我就像拔河比赛中的绳子一样，悬在他们之间。他们怒目而视，谁也不让步。这样下去不行，得喝止他们。“你们弄疼我了！”我喊道。虽然他们不会真的伤害到我，但我的话奏效了，鲁迪和莉斯贝丝同时放了手。在我倒地之前，我设法稳住了自己。看看，这里谁才是需要心理医生的那个？我飞快地躲进了自己的房间。

“不能再这样下去了。”我听到鲁迪在走廊里说。我同意，然后砰的一声关上了门。

第3章
弗里达

莉斯贝丝走了进来，说：“晚安！”

鲁迪没有进来。这样更好，我还在生他的气。我用抹布擦拭桌子，来来回回已经有二十次了。这种感觉很好，没有什么能比打扫更让人放松的了。我的袖珍椰子看起来有点儿皱巴巴的，我在擦拭它的叶子。莉斯贝丝把手放在我的肩膀上。

“塞缪尔？”

我什么也没说，继续打扫。

“鲁迪是出于好意。”

我没有回答，全身心地投入在擦窗户上。玻璃可比室内植物好擦多了。

莉斯贝丝叹了口气，给了我一个晚安吻。我要把这个吻擦掉。莉斯贝丝又叹了口气：“别弄到太晚好吗？”

我们都知道我还需要一些时间。莉斯贝丝走了。

哦，不！不！不！怎么会这样！我的消毒喷雾竟然喷到了弗兰克。它从蛛网上掉了下来，现在正躺在窗台上扭动着。这都要怪鲁迪！

我用一根手指小心翼翼地将弗兰克翻过来，但是不管用。我吹了它一下。也许它需要干燥？好像也无济于事，弗兰克一动不动。我还能怎么办？我对怎么给蜘蛛急救一无所知。

突然，有什么东西从我身边闪过。一把镰刀划破空气，将弗兰克直接劈成了两半。我盯着小蜘蛛，它所有的腿都伸展开了。表面上看，它仍然完好无损，但是我拨了拨它，它却没有任何反应。泪水涌上了我的眼睛。这是真的吗？弗兰克……死了。

“真好玩！”有人在我身后欢呼。我转过身去，愣住了。在我面前站着一个穿着黑色斗篷的小人儿，手里拿着一把大镰刀。我的脑海里闪过无数的念头，但我一个也无法确定。我呆呆地站在那里，那个小人儿也站在那里。最后，我只剩一个想法：我以前在某个地方见过这样的生物，只是……究竟在哪里呢？

不，这不可能！绝对不可能！这只是一个梦，一个噩梦。我无法继续思考了。镰刀从这个小人儿的手中滑落，在我耳边呼啸而过。我听到了一声“哎呀”。然后，我就不省人事了。

晕倒的好处是，醒来时我完全是放松的。糟糕的是，一旦想起来为什么晕倒，这种放松就结束了。我睁开眼睛，看到了面前那把镰刀，刀片因为我的呼吸蒙上了一层水汽。

“他还活着。”小人儿说道。听她的语气，似乎并不希望我还活着。

是的，我还活着，但是我的心脏好像马上要跳出来了。上次我这么害怕还是在……

小人儿注意到我醒了。她看着我的眼睛，我也注视着她的眼睛。我好像以前也遇到过这种情况。我想说点儿什么，但声音卡在了半道上。小人儿似乎突然想到了什么，她猛地扯下斗篷——斗篷下是一个女孩。

“你好！”女孩笑着说。

我的大脑无法理解这个世界了。我的思绪变成了一团乱麻。“这不是真的！不可能！”我心想。

由于我用来思考的器官失去了作用，紧急程序启动了，我的身体由原始的本能接管了。它命令我快逃！我终于挣脱了僵硬的状态，跳了起来，逃到了房间最远的角落。女孩看着我，却没有跟上来。她着迷地看着自己的手和胳膊，仿佛第一次见到它们。她抚摸着自己的腿，又弯下腰拉拉脚趾。她掀开印有骷髅头的T恤，戳了戳自己的肚脐，然后笑了。如果说我疯了，她肯定也是。

哦！女孩拿起了镰刀，她难道会读心术吗？幸好，她只是把它当作一面镜子。她出神地看着自己映在刀片上的眼睛、鼻子和嘴巴，用手指穿过她的长发。最后，她得出一个结论："哇，我看起来真不错！"

女孩的自我审视结束了，她把镰刀放好，回头看了看我。原始的本能再一次占据了上风，我做了我早就应该做的事，大声喊道："莉斯贝丝！"

我的声音划破天际。几秒钟后，莉斯贝丝冲进了我的房间。现在我顾不上消毒，因为有更重要的事情——我投进了她的怀抱。

"莉斯贝丝，我们得去医院，我产生了幻觉！"我边喊边指着拿镰刀的女孩，此时她已经钻回了斗篷底下。

"我什么也没看见。"莉斯贝丝说。

"我刚才说了，我产生了幻觉。有点儿不对劲。我们得快点儿！”我催促道，走向衣柜，拿出我的防护服。

“我们哪里也不去，这里一切正常！”房间里突然响起鲁迪的声音，他正站在门口。

我愤怒地看着他：“你怎么知道一切正常？”

鲁迪没有回答，转而看向莉斯贝丝说：“你还记得林德夫人说了什么吧，我们不能再继续惯着他了。”

莉斯贝丝犹豫不定，她转向我说：“亲爱的，上床去吧！睡一觉！明天，你会看到崭新的世界。”

“现在，世界就已经变了！”他们没听到我说的话吗？我想穿上防护服，但鲁迪把它挂回了衣柜里。我还没来得及抗议，莉斯贝丝就把我的睡衣递给了我。

“来吧！”她慈爱地看着我。这算什么爱？

“如果我明天死了，那就是你们的错！”我愤怒地向他们吼道。在他们身后，女孩正挥舞着她的镰刀。一滴眼泪从莉斯贝丝的脸颊上滚落下来，我身上的鸡皮疙瘩冒了出来。我很难过，他们两个人根本不清楚情况的严重性。

鲁迪把莉斯贝丝揽入怀里，走出了我的房间，他从没这么失望过。鲁迪关上门，留下我一个人，单独和镰刀女孩在一起。

“你好，我又来了！”女孩说着又从斗篷下走了出来，她换了一身霓虹黄色的睡衣。她指了指我还拿在手里的睡衣。“我的睡衣比你的漂亮。”

我看了看我的睡衣，是灰色和蓝色条纹的。我把它们扔到离我最近的角落里。我才不在意它是什么样子的呢！

女孩咧嘴一笑，向我走来。“现在让我们好好地认识一下彼此吧！”

我向后退去，我根本不想见到她，我希望她再次消失。我跑到书架旁边，那里有医学百科全书。为了引导大脑回到正轨，我一边打开书，一边咕哝着："你不是真的，你不是真的……"

"我和你一样，都是真实的。"女孩说罢，收起她的镰刀，让它消失在斗篷里。

我摇摇头，心想：这是不可能的，这是不可能的！我翻页的速度更快了。有关脑部疾病的章节在哪里？

一定是肿瘤，至少是动脉瘤。我胡乱想着。

"什么是'动埋留'？"女孩问道。

我没有理她。但砰的一声，女孩把我的书合上了。"看，我是真实存在的！"她笑着说。

我又摇了摇头。不！不！不！我再次打开那本书。

"我是小死神，你也可以叫我弗里达。"她继续说。

我停下了翻书的动作。她刚才说什么？弗里达？小死神？我脊背发凉，感到一阵寒意。小死神……小死神……我突然有一个想法：小死神……像死神一样？像我梦中的死神一样？

"你是不是不善言辞？"弗里达问。

我一个字也说不出来。真不敢相信！这只是个梦，只是个梦！

弗里达叹了口气："大死神早就预料到了你们的反应。有些人看到死神会尖叫，有些人会说不出话来。别担心，你就先听我说好了！"

弗里达把手伸进斗篷里，拿出一个笔记本。

"大死神说，我得做到完全正确才行。所以我把重要的事情都写下来了。"

她翻着笔记本，最后停留在她想找的那一行上。

"你注意到了吗？"她严厉的目光扫了我一眼。

我正忙着思考今天在与鲁迪的争执中是否撞到了头，兴许头部受伤可以解释眼前发生的一切。我摸摸我的头，没有磕碰的痕迹，什么都没有。当然，也有可能是癫痫发作引起的。我不记得了，我可能患有健忘症……

"我是小死神。"弗里达念道。

好的，她之前说过一次。我的短期记忆还是好的。

"我来这里是为了了解人类的生活，我希望有一天能成为大死神，所以我需要知道这个。当我披上斗篷时，你是唯一能看到我的人。只有我摘下斗篷时，大家才能看到我。"弗里达合上她的笔记本问我，"明白吗？"

她疑惑地看着我。我现在应该做什么？点头？当然不要！因为我根本就不想知道她在说什么。

“还需要我再解释一遍吗？”弗里达问。

才不要！“你最好快走！”我说。

“不，那不行。你被指派给我了。”弗里达说。

被指派？什么？“我被谁指派了？”

“大死神。”她回答道，接着我看到墙上有一个黑影。这个影子看起来像披着斗篷和拿着镰刀的弗里达，只是要大得多。我以前在梦里见过那个影子。也许那根本就不是一个梦？

镇定，镇定，现在不能惊慌！发生危机时最重要的是保持冷静。只有这样，理智才能重新占据上风。我开始调整呼吸——深呼吸。吸气，呼气。吸气！然后再呼气！看到我做呼吸练习，弗里达模仿起来。她在朝我吹气，真恶心！我转过身去，闭上眼睛。等我的大脑恢复正常时，就不会再有弗里达了，我很肯定这一点。她不过是我的幻觉，纯粹的幻象而已。一定是弗兰克的死给我带来了心理创伤。

我继续呼吸，现在已经可以感觉到我的心跳变平稳了。我睁开眼睛，转过身去。弗里达正在我面前咧着嘴笑。不要紧！保持专注！保持呼吸！吸气！呼气！吸气！呼气！我全神贯注地呼吸，直到心脏再次正常跳动。

我转过身来。这就对了，没有弗里达了！

不！她只是换了个地方。她坐到了我的床上，抱着我的泰迪熊。此刻，她正在用脸疯狂地往泰迪熊上蹭。

“泰迪熊可真软！”弗里达说，然后做了一件恶心的事——她舔了泰迪熊一下。

“住手！”我喊道，但弗里达还在继续。

“我想知道它是什么味道的。”

“为什么你想知道它的味道？没人会去吃毛绒玩具！”我告诉她。弗里达把泰迪熊放好，并擦掉舌头上的绒毛。“难怪！它也并不好吃。”说完，她掏出笔记本写了起来。我把泰迪熊抱到洗衣篮里，它迫切需要进行九十度消毒洗。

我的视线一秒钟都不能离开弗里达。现在她手里正拿着我的润唇膏，闻了起来。

“放下我的唇膏！”

弗里达摇摇头，咬了一口。

“你为什么要这么做？”

弗里达吐出了唇膏：“这样我就能学会怎样做一个人类了。”

任务

我也不知道为什么要了解这些，但大死神说这是培训的一部分。好吧。拥有一个人类的身体、呼吸、感觉、嗅觉、味觉、弹跳……都很有趣。人类真的有很多事情要做。

事实上，我不想体验当人类，我想直接参加考试。我很期待考试！我真想用最短的时间完成它。比如说，扑通一下，把塞缪尔推出窗外！但我不能这么做，因为大死神说：“我们只是去取人的性命，而不是自己杀人。”所以，我必须等塞缪尔自己死掉。我之前以为时候已经到了，但其实并没有。可惜还没有！

塞缪尔已经多次从大死神那里逃脱了。这种事不会发生在我身上！我会抓住他，证明有一天我也可以成为了不起的死神……

第 4 章 停下来！

“哦，坏了。”弗里达说。她随手放下那把被她玩坏的尺子，接着去“祸害”下一个抽屉。看着一片狼藉的房间，我再也无法怀疑她的真实性了。我仍然不明白她到底来自哪里，来这里做什么，最重要的是，我要怎样才能摆脱她，但我可以更清楚地看到她的存在了。同样清楚的是，她对怎么做人类毫无概念。如果她知道怎么做一个人，她就会知道人类的世界是有规则的。比如说，你得把拿出来的东西放回去，或者你不能乱扔别人的东西。我给她解释这些，但弗里达完全搞不懂什么是规则。“革命！”她喊道。她说，当规则不适合社会时，人们就会革命。而当人们进行革命时，大死神总是特别繁忙。

革命是我现在最不需要的东西，因为我坚信一句古老且充满智慧的话：如果你无法改变现状，那就接受它。我戴上口罩，套上新的橡胶手套，用消毒喷雾武装自己，接受从现在开始我得帮弗里达打扫卫生的事实。但有了弗里达，打扫卫生不再是一件放松的事情了。因为我收拾东西的速度远远赶不上弗里达把东西弄乱的速度。她把柜门打开，我把柜门关上；她把一切都拉出来，摸一摸，然后尝一下，我禁止她舔我的东西。但就像我说的，弗里达不遵守规则。

我正准备把弗里达的口水从笔上擦掉时，突然发现她变得特别安静。弗里达站在我面前，看着我。我预感有什么坏事要发生，正想着如何避免，但为时已晚。啪的一声，她的手拍到我的脸上。“那是什么？”她拉起我的口罩，带子绷紧了。

“放手！”

几乎在同一刻，我意识到自己不能那么说——口罩猛地打在了我的脸上。弗里达笑了。

“再来一次！”

我马上把口罩摘了下来。弗里达伸手去拿我的消毒喷雾，但我是不会给她的。如果不能让她消失，至少要让她身上的病菌消失。弗里达不肯放开喷雾，像个疯子一样抓着它："给我！"

我尽力握紧喷雾。我肯定不会让这样一个小疯子得到她想要的一切……

哦，不！她还是拿到了。弗里达高兴地在房间里跳来跳去，对着所有的东西喷。噗——噗——噗——

包括我。

"弗里达，住手！"

噗——噗——噗——

“我是认真的！如果喷雾喷到了我的眼睛，后果会很严重。”

噗——噗——噗——

“弗里达！”

弗里达高兴地咯咯笑。我又去夺她手里的瓶子。

噗——噗——噗——

瓶子空了，我的衣服都湿了。

“哦……”弗里达一边说，一边扔掉瓶子，然后把注意力转向我的书架……

弗里达躺在地板上。那上面还有她在过去几个小时扔的所有东西。

“我感觉很不舒服。我可能生病了。”她呻吟道。我从扶手椅上抬起头来，我的椅子像是混乱中的一座孤岛。

“不，你只是累了。”我说。

弗里达打了个哈欠：“累了？”

我点点头，弗里达兴奋的脸庞上露出了震惊的表情。这一信息似乎提起了她的精神。“我从来不会感到累。”她得意地说，但紧接着又打起了哈欠，“当人们累了，就会上床睡觉，对吗？”

打哈欠是会传染的。我点点头，但很快意识到自己又犯了一个错误！我为什么不说，累了不是上床睡觉，而是直接躺下？弗里达迅速躺倒在我的床上，钻进了我的毯子里，我甚至都来不及反应。

“嘿！那是我的床！”我抗议，但那些不遵守规则的人同样不会在乎所有权。弗里达眨了眨眼睛说：“安静！我在睡觉！”

然后她闭上了眼睛。很好！我看了弗里达一会儿。睡觉时，她看起来人畜无害。我站起来走到床前，等了一小会儿才敢去检查她的真实性。我快速地用手指触碰了一下她的手臂，感觉就像正常的皮肤，温暖而柔软。弗里达动了一下，我赶紧把手指收回来。她仍旧躺着不动。唉！我现在该怎么办？我环顾四周，答案只有一个。我冲进浴室，拿了一瓶新的消毒喷雾，开始打扫。我给弗里达也消了一遍毒。复仇是必须的！但也要讲究卫生！还好，她睡得很香。

而我睡得很糟。就我的年龄而言，我不是特别高，但也没有矮小到可以舒适地睡在扶手椅上。我忍不住睁开眼睛，看向床，它竟然是空的。弗里达呢？我坐起来环顾四周。房间很整洁，没有弗里达的踪迹。这怎么可能呢？她真的只是我的一个幻觉吗？突然，我听到了门锁关上的声音。我立刻清醒过来，把弗里达从走廊上拉回房间。

“你想去哪里？”

“嗯，去你爸妈那儿，”她说，“我知道父母会给孩子做饭。”

“你饿了吗？”

弗里达点点头：“大概吧。大死神说过，如果我想把食物放进嘴里，就是饿了。我现在就想把很多食物放进嘴里。”

“塞缪尔！吃早餐了！”

莉斯贝丝不合时宜地叫了我一声。

“好吧，你别出声！”我说，“我去给你弄点儿吃的，但你要待在这里！”

弗里达摇了摇头说：“我饿了。”

“我马上给你拿吃的。如果你留在这里，我就给你拿很多很多好吃的！”

“很多很多？”

我点点头。

弗里达想了想后回答道："好的，我在这儿等着！"

"一言为定？"

"一言为定！"

我不太相信弗里达的承诺，就把房门锁上了。

当我回到房间时，我被眼前的景象惊呆了。昨天晚上真应该省掉打扫卫生的步骤，为了打发时间，弗里达将房间还原到了打扫之前的状态。现在她正站在窗边，站在我的袖珍椰子旁，嘴里咀嚼着什么东西。

"真好吃！"她说。

我立即放下装着麦片、奶酪三明治和可可的托盘，开始抢救剩下的植物。

"这不是吃的！"我解释道，"那才是给你的！"我指着带来的早餐。弗里达放下袖珍椰子，扑向麦片。她嚼了几口，又吐出来。

"哕——"她发出了呕吐的声音。

哕！我也觉得恶心。我的地板上出现了嚼过一半的麦片。不用说，我已经知道谁得去清理它了。弗里达伸手去拿奶酪三明治，看来她很喜欢这两样食物。我递给她一杯可可。这包可可是莉斯贝丝给我买的，我出院带来的喜悦一定蒙蔽了她的心灵。今天是我第一次打开这包东西。我想，其他的孩子一定很喜欢这种东西。弗里达喝了一口，瞪大了眼睛。

“如果你不喜欢可可，请把它吐回杯子里！”我说。但其实弗里达想要更多。我跑进厨房冲了一杯又一杯。

睡觉和早餐

睡觉太讨厌了。我完全不知道自己在做什么。闭上眼睛，睁开眼睛，就到了早上。今天晚上我要再试一次，但我会留神的。睡醒之后我很饿。早餐我最喜欢可可。塞缪尔说，它尝起来像巧克力。我从来没有吃过巧克力，不知道它是什么味道。塞缪尔没有巧克力，他不吃巧克力，也不喝可可。他说，这些东西含糖太多。大死神带走特别胖的人时也是这么说的。

正在发生的事情让我目瞪口呆。我难以置信地盯着弗里达，她的裤子上出现了污渍，而且越来越大。弗里达居然在卧室的正中间小便。

“快停下！”我从震惊中回过神来，大声喊道。但弗里达根本不理解我的意思。她困惑地从笔记本上抬起头来，继续小便。

我指着她的裤子：“那里！”

弗里达低头看着自己。现在尿液已经从裤子里流出来了。

“哦，这是怎么回事？”她一脸茫然。

我可没时间回答这种愚蠢的问题！我迅速戴上乳胶手套，拿起消毒喷雾，在弗里达周围喷了一圈。禁区！我把一沓纸巾扔到那摊尿里。

“快点儿，把它擦掉！”我命令道，并递给弗里达一个垃圾袋。

但弗里达根本没有想过要打扫卫生。她兴致勃勃地弯下腰，嗅了嗅，然后把手指放进了那摊尿里。

“我的第一泡尿。”她自豪地说。我要窒息了。

“你为什么不告诉我你想上厕所？”我问。

“我怎么知道什么是想上厕所！”她回答。

这不是真的！显然大死神教过弗里达什么是饥饿，但是没有告诉过她什么时候该上厕所。这些脏活累活就交给我了。

“很简单，”我说，“你这里没有感觉到尿意吗？”我指了指膀胱所在的地方。弗里达想了想，承认道：“嗯，那里是有点儿奇怪。”

我叹气道：“记住那种感觉。下次你有那种感觉的时候，必须去上厕所。”

弗里达点点头。“那如果我感觉再往后一点儿的地方有尿意呢？”

我惊恐地睁大了眼睛。快去厕所！

弗里达在上厕所。我背对着她，站在浴室的另一个角落里等着。

“上完了吗？”我听到卫生纸沙沙作响时问道。

“上完了，卫生纸上没有棕色的东西了。”

我并不想知道得这么详细。我听到弗里达从马桶上跳下来，冲了水，这才转向她。

“现在去洗手池！”我命令道，“洗手！搓三十秒泡泡！”我把洗手液滴在弗里达的手里。她先闻了闻，试了一下，然后开始数：“一，二，三……”

我的目光落在她的裤子上，上面满是尿渍。我得想想办法，但在那之前还有别的事要做。弗里达已经数到十五了，她已经不想再搓手了。相反，她在玩水龙头。“热水，冷水，热水，冷水……”

“弗里达！”我想制止她，但马上一股水冲向了我。弗里达笑得更起劲了，直到有人来敲门才停下来。

“塞缪尔？”莉斯贝丝叫道。我把食指放在嘴边，希望弗里达能够理解我的意思，但是徒劳无功。她一边兴高采烈地叫道：“我来开门！”一边走向门口，直到最后一刻，我才逮住她。

“嘿！放开……”弗里达想反抗，但我捂住了她的嘴。莉斯贝丝又敲门了。

“等一下！”我说。

“我要去买东西，你需要什么吗？”莉斯贝丝隔着门问道。弗里达在我的怀里挣扎着，咯咯地笑。

“不用了，谢谢！”我急忙回答说。不一会儿，走廊里又响起了莉斯贝丝的脚步声。“再见！”她说，然后关上了门。我刚松了一口气，马上又尖叫起来，弗里达咬了我的手指。

上厕所

我以为上厕所很容易。坐在马桶上面，把废物全部排出来，搞定。但问题是，我首先要知道自己到底想不想上厕所。然后，我必须迅速地赶到厕所。不管是有尿意还是有便意，我都不能懈怠，否则就会听到塞缪尔的尖叫，裤子也会弄脏。我对塞缪尔说，我不想给自己压力，他应该让我用尿布。我见过婴儿用尿布。但塞缪尔说他肯定不会包尿布，我已经长大了，要学会控制自己。真是个可恶的家伙！养老院里的人也已经长大了，但他们还在用尿布。因为我经常跟着大死神去养老院，所以我知道。

第 5 章
我不出去！

“没错，我被咬了！”我向急救电话那端的接线员解释道，“没有流血，但咬痕清晰可见。”

“啊哈。”那人说，我觉得他没有把我当回事。他说我应该给手指消毒，冷敷可以减轻疼痛。嗯，非常感谢。好像我自己都不知道似的。如果我只需要简单的救护，我就不会打求救电话了。我严重怀疑对方的资质。“我想和你的上级谈谈！”我说。但他不愿意帮我转接给他的上级，而且他还很固执。好吧，有时候为了达到目的，你需要竭尽全力。我努力帮助这个人厘清思路，并建议道：“难道不该使用抗生素吗？你肯定知道被人类咬伤有多危险，有 25% 的概率会被感染。”

那人对我的建议不以为然。他一定是个新手！他说我不该再占用通话线路了。我本来想告诉他我的想法，但他挂掉了我的电话。真是的，这就是我们的急救电话！

在我通话的这段时间里，弗里达一点儿也没闲着。走廊上留下了她的签名。她把衣柜里的所有外套都翻了一遍。现在，她正在捣鼓鞋柜。

“弗里达，我想你在那里是找不到新裤子的。”我指着她的裤子，上面的尿渍仍然清晰可见。

“哦！”她说完冲了出去，紧接着又披着斗篷回来了。她把斗篷扔开，又出现在我的面前。这次，她已经换上了芭蕾舞裙。那是一条亮闪闪的粉色芭蕾舞裙。

我不知道该笑还是该尖叫。

“我一直想穿这条裙子呢。”她高兴地看着穿衣镜告诉我。

我既没有笑，也没有尖叫，只是默默地点点头。众所周知，不能随意评价一个人的品位，更何况弗里达没有品位。她从哪里学习品位呢？作为一个小死神，她的衣柜非常单调。

除了芭蕾舞短裙，弗里达还拿了一件鲁迪的夹克，穿上了莉斯贝丝的高跟鞋。

弗里达看起来就像刚从旧衣回收箱里出来一样，但她喜欢现在这个样子。

扑通！弗里达脸朝下摔在了地板上。穿高跟鞋跑步可不是个好主意。“哎呀！”她喊道。我担心她会开始哭闹。但她甩掉脚上的鞋子，又站了起来。她的额头上鼓起了一个大包，却还在继续跑。不得不说，她很坚强。

我们进入我父母的卧室。弗里达很快找到了莉斯贝丝的化妆盒，开始在自己脸上乱涂乱画。让她画吧！反

正她马上就要离开了。因为我刚才终于想明白了，弗里达想要知道什么是人类的生活，而我只能向她展示我所知道的人类生活。所以，只要带她快速地参观完这幢房子，然后砰的一声关上门，我就可以摆脱她了。我把莉斯贝丝的唇膏从毁灭的危险中拯救了出来。“来吧，我们到厨房去！”

弗里达的脸已经惨不忍睹了。

我们来到了厨房。我的动作得快点儿，赶在弗里达找到可可粉之前把它藏起来。藏在烤箱里应该是安全的。不好，弗里达发现了放刀具的抽屉。她最喜欢牛排刀，正拿着它挥舞。

“快把刀放下，不然你会伤到自己的。”我告诫她。弗里达却说：“也许我应该问问大死神，如果我可以把镰刀换成小刀，那就太酷了！或者换成一把剑，那就更酷了！”弗里达拿起一块面包，将刀子飞了过去。

我吓得闭上了眼睛。当我再次睁开眼睛时，我所有的手指都还在，刀子扎在面包上了。我趁机说：“来吧，弗里达，把刀给我！我给你看……”我只能说一些不危险的事物来分散她的注意力。“呃……垃圾桶。”

弗里达不想看垃圾桶。她抽出刀子，想把它插到装面粉的袋子里。我才刚从弗里达那里救出面粉，她自己却没有得救，她刺伤了自己的手臂，发出了一声尖叫。血从伤口里流了出来。我把一条干净的毛巾盖在她的伤口上，然后指示她："压住它！"

我跑去拿急救箱。当我回来的时候，却发现弗里达并没有按照我说的做。我还有什么好说的呢？她没有把毛巾压在伤口上，而是把血舔掉了。她若有所思地摇了摇头，最后得出结论："不，味道不好。"

受伤和流血

我一直在想，当人类被拳打脚踢、被刺伤或被戳伤时，他们为什么会发出尖叫声。现在我懂了，人会感觉到疼痛。人类的身体真的非常敏感，它会受伤并且流血。这次，我只流了一点儿血，塞缪尔说那是因为我没有扎到动脉。好吧，也许下次我可以试试……

我只能勉强阻止弗里达再次刺伤自己。她想要印有恐龙图案的创可贴，我就很大方地给她贴了很多，并趁机把她脸上的化妆品擦掉了。我擦得很好，还算干净。

弗里达又冲进了客厅，这是公寓的最后一个房间了。一会儿就再见了，弗里达！等她在沙发上跳够了，舔光了桌子上的薯片屑，在摇椅上摇摇晃晃摔倒至少五次后，弗里达就可以走了。

“现在你已经看到了一切，了解了我的生活。”我说。弗里达不懂我的暗示，她的目光游移到窗前。她离开摇椅，跑了过去，指着外面说：“我想去那里！”

我向窗外望去，看到弗里达指着游乐场。

“好吧，玩得开心！”我祝福她。弗里达欢呼着，冲向门口。几步后，她停下来转过身来说：“来吧，我们走！”

我有不好的预感，所以我决定先说清楚：“我不出去！”

弗里达瞪大了眼睛问：“什么？为什么不去呢？”

答案是显而易见的。

“外面太危险了。”

弗里达又走到窗前，看着游乐场。显然，她在那里找不到任何危险的东西，因为她问：“什么是危险？”

我告诉她：“危险就是有事情会威胁到生命安全。”

弗里达的眼睛睁得更大了，眼珠子几乎要从眼眶里掉出来。“你是说你可能会死？”我点点头。不知道为什么，弗里达似乎没明白我的意思。她继续尖叫着说：“我想去游乐场！”

危险

危险就对了。我不能亲自杀死塞缪尔，但我可以让他经历一些危险的事情。这样，我就不必等待他的死亡时间到来，而是可以“帮上一点儿忙”。大死神并没有说不能“帮忙”。但问题是，塞缪尔好像不会和我去游乐场。可恶！

对于某些死缠烂打的人，我得不厌其烦地说上十次：“很好，玩得开心！但不是和我！”

弗里达走近我，认真地看着我。“但你必须去！我不能独自一人在人类中出现！”

是谁发明了这个愚蠢的规则？“那就再找一个孩子，让他来告诉你生活是什么样的吧。”我回答。弗里达摇了摇头。

“我不能找别的孩子！大死神选择了你。”

“那么就是大死神搞错了。”

“大死神从来不会错！”弗里达说。

他当然会犯错，现在这种情况就是错的。

“我不出去！这里就是我生活的全部！”我指着我的公寓说。

“但是我想出去！”弗里达叫道，“马上！”

生活中的某些时刻，你只剩下一件事可以做，那就是逃跑。不幸的是，对目前的我来说，这种时刻变得越来越频繁，而一个三室一厅的公寓并不特别适合逃跑，尤其在你边跑边被追赶的时候。

弗里达跟在我后面边跑边叫：“马上出去！”声音在我耳边轰鸣。我以前也听到过孩子们的尖叫声，但他们个子小，还不能跑。如果是他们，我可以轻松逃脱。然而现在，紧跟在我身后的是弗里达。我们在公寓里跑了几圈，最后又回到客厅里。弗里达还在尖叫：“马上出去！”

我捂住耳朵，虽然这样做并没有什么用。突然，一条妙计涌上心头……

第 6 章
无聊死了

电子娱乐产品是解救所有绝望父母的万能武器。在尖叫的孩子们面前放一个屏幕，他们就会闭嘴。我太了解了，因为医院里有很多爱尖叫的孩子。

于是我打开电脑，告诉弗里达：“在互联网上，你可以找到你想知道的一切。在那里你可以认识整个世界。”

我给她放了一部关于狮子的纪录片。

弗里达抱怨道：“我已经去过非洲了。”她拿走了我的鼠标，自作聪明地说：“死亡无处不在。”她点击了一个音乐视频。“我还从来没有跳过舞。”

弗里达模仿视频中的舞者，在房间里旋转。很快，莉斯贝丝的花瓶被打碎了。

“哟！去你的！该死！”弗里达的词汇扩展得倒是很

迅速。

她还很专业地把客厅的椅子举过头顶。视频中，舞者激动地砸碎了手中的吉他。我见状赶紧把椅子从她手中夺下来，但却被她一把推开了。

我拔掉了插头，电脑屏幕变黑了。

弗里达不知道出了什么事。她大喊大叫，敲打着屏幕。屏幕挨打总好过我挨打。它快要撑不下去了，我得去救它。

“弗里达，住手！你受伤了！”

“我的手臂没问题。”弗里达说。

确实，和她说这些她也不懂。其实我想说，手臂骨折时，疼痛往往来得较晚，而且令人难以忍受。我可以告诉弗里达很多事情，因为她以前从未做过人类。

我用弹性绷带把她的手臂包扎起来。她再也无法伸展手臂了，但她还没有注意到这一点，她正欣赏着蓝色的绷带。由于她表现得很好，她还得到了一片创可贴。

这还不够。我认为她的行动过于自由了。我衣柜的最里面有一根攀岩绳。它色彩鲜艳，抗撕裂，很完美，非常适合给弗里达做手臂吊带。我在她背后给绳子打了个结。弗里达觉得很好玩儿。我尝试了两次，结才打好。

我打的是反手连接结，一个真正的登山结，是鲁迪教给我和托比的。

弗里达的胳膊被绑得很紧，我说："看，你的吊带多棒啊！"弗里达也这么觉得。

"我们去游乐场吧！"

当然不去！当弗里达转过身时，我朝她裸露的小腿喷了冰敷喷雾。这让她的腿感到很痛，弗里达尖叫起来。我吓了一跳，说："弗里达，你的腿也受伤了！"

我用毯子和垫子在桌子下面给弗里达铺了一张床。她现在躺在那里，腿用夹板夹住。我本想给她的腿打上石膏，但急救箱的储备有限。尽管如此，弗里达还是被束缚得很好。

"现在乖乖躺着！"

无聊

大死神说，作为一个人，你可以做很多有趣的事情：在草地上奔跑，在水里游泳，吃冰激凌，笑到尿裤子（我知道你可以做到不笑）。但他没告诉我无聊是什么样子的。无聊是你坐在一个地方很久很久，却什么也做不了。你也可以躺着或站着或闭上眼睛，反正什么都不会发生。无聊是很糟糕的，你得不到任何乐趣。最重要的是，它一点儿也不危险。我不知道人们为什么说“无聊死了”。我和大死神待在一起的时候从来不会觉得无聊。

我终于获得了十分钟的宁静，直到弗里达一瘸一拐地走出来。“我要去游乐场！”她闹着说。

我把视线从书上挪开，抬起头说：“你受伤了，必须休息！”

“休息很无聊。”她抱怨道。

“如果你不喜欢我，可以随时离开。”

我又拿起了书。我的计划很完美，让弗里达无聊死，或者至少让她自愿离开。

弗里达拽着手臂上的吊带。

“把它拆下来！”

“它必须这么戴着。”

“不要。”

她继续努力解绳结。不可能！她是永远无法解开的。弗里达开始骂骂咧咧。我偷偷地笑了。

弗里达一瘸一拐地跑开了。她要去哪里？过了一会儿，我听到她在厨房里翻箱倒柜，知道她一定又在捣乱。果然，弗里达拿着牛排刀回来了，开始用刀砍绳子。

“弗里达，把刀放下！”

太晚了！绳子断了，她的手臂又恢复了自由。腿上的夹板也抵御不了那把刀。弗里达咧嘴一笑，把书从我手里打掉，把刀子举到了我的鼻子下面。

“要么你跟我出去，要么我就扎你！”

哈？我不知道她在说什么。这里没有人会被扎，特别是我。保持冷静，不要表现出一点儿软弱！要让理智占上风。“弗里达，如果一个人受伤了应该怎么做？”

这个问题没有打乱她的阵脚，因为她已经知道。“那他得休息。”

“没错，”我同意这个说法，“待在家里。”

她的思绪一点点地被我带走。刀从她的手上放了下来。“哦，可恶！”

弗里达气呼呼地踢了一脚我的桌椅。床和衣柜也都遭了殃。

“弗里达！”我喝止她。

她给了我一个阴郁的眼神，泰迪熊从我的头上飞过。紧接着，其他东西吸引了她的注意力。弗里达靠在了我的椅子上。

不！不！不！那不是真的！她发现了我的秘密——椅子下面的暗格，是我自己设计和安装的。弗里达把它踢坏了。这个暗格承受不了这么大的暴力。

“不许动！”我喊道。

不能让弗里达碰暗格里的东西。我把书一扔，跳了起来。但她已经在翻我的东西了。我不关心生存奖章，而是关心锁扣。要让她离锁扣远点儿！我及时从她手中把锁扣夺了过来。

“嘿，给我一个！”她抗议道。

“别再碰它们了！”我咆哮着，把锁扣系在项链绳上。它们在这里暂时是安全的。

弗里达看着我，像是我偷了她的东西似的。

“红色的锁扣不是你的，是托比的！”

我盯着弗里达。她怎么知道的？她怎么认识托比的？弗里达笑了。可恶！我知道暴力不是解决办法，但我真想揍她一顿。走廊里咔嗒作响的钥匙声救了她。

“莉斯贝丝！”弗里达突然变得非常兴奋。她似乎根本不在乎锁扣了，朝门口飞奔过去：“我现在就要把出门的事搞定！”

她在做什么？我追上去挡住她的路。“什么叫你要搞定出门的事？”

“很简单，我告诉你妈妈她应该送你出门，然后你就得出去了！”

这是什么逻辑？“我就在这里，哪儿都不去！”

“不行！孩子必须听父母的话。一向如此！”

我疑惑地看着弗里达。“你总是听大死神的话吗？”弗里达想点头，但又不能。我就知道会这样。

“再说了，你不能去找莉斯贝丝说：‘你好，我是小死神！’她会觉得你疯了。”

弗里达看着我，好像我已经失去了理智。“我当然不会这么做。我是隐……隐……”

“隐身人？”我提示她。弗里达点点头。“没错。我在这里做客，只不过去打个招呼：我是弗里达，塞缪尔的朋友。”

我盯着她。什么意思？她要做什么？

弗里达满意地笑了笑，想从我身边走过去。但我不能让弗里达认识莉斯贝丝。首先，我没法解释我是怎么认识这个女孩的，其次，弗里达绝对不是我的朋友！我才不是死神的朋友！她一定是疯了！

“如果你不去，你会得到一杯可可。”我马上提出条件。弗里达想了一会儿，然后摇了摇头，继续往前走。我可以用剩下的半根绳子把她绑起来，用芭蕾舞裙塞住她的嘴，但她应该不会束手就擒。弗里达马上就要到门口了，我必须尽快想出对策。

弗里达已经把手放在门把手上。“你将会得到世界上最美味的食物！”我喊道。她转过身来，瞪大眼睛看着我：“世界上最美味的食物？”

“你想要吃什么？”

当我请求莉斯贝丝晚餐做松饼时，她有些吃惊。“你已经很久没提出要吃这些了。”

没错！因为它们太甜了，太不健康了。但非常时期需要非常手段。我和莉斯贝丝站在厨房里，看着她把和面的材料加到碗里。“糖不要太多！”我说。于是，莉斯贝丝从碗里舀了些糖出来。

“不，要很多！”另一个声音在我耳边响起，躲在斗篷下的弗里达轻轻点了一下莉斯贝丝的手，糖又落回碗里。还没等莉斯贝丝去想为什么她的手突然抖了一下，鲁迪进了厨房。他疑惑地看着莉斯贝丝、我和松饼糊：“晚饭要吃松饼？”

莉斯贝丝吻了吻鲁迪说：“塞缪尔想吃！”

鲁迪看起来和莉斯贝丝一样吃惊。我迅速转过身，避免和他对视。松饼让鲁迪重拾了带我出门的信心，我在他眼睛里看到了光芒。该死的！弗里达甚至没在莉斯贝丝和鲁迪面前出现，就已经把我的计划打乱了。

要在吃晚饭时把弗里达的松饼藏在罐子里并不容易。莉斯贝丝和鲁迪看到我吃了那么多松饼，高兴地喝起了酒。有时候，他们两个真的不太聪明。如果我的孩子在多年的无糖饮食后突然大量摄入甜食，我不会喝醉，而是会产生怀疑。可他们甚至都没有问我感觉如何。相反，我每吃一个松饼，他们的心情就会变好一点儿。如果我是他们，我早就会疑惑，这种突然的变化是怎么来的。

肿瘤，感染，精神病？但他们俩呢？什么也没问。今晚，莉斯贝丝和鲁迪的表现真的让我很失望。

弗里达在我的房间里已经等得不耐烦了。我一进门，她就把我手里的罐子抢走了，直接忽略了我给她带的餐具。也是，如果可以用手把松饼一个又一个地塞进嘴里，谁还需要刀叉呢？

“好吃！”弗里达边咀嚼边说。我点了点头，那一刻我应该预见灾难的。如果一个人在几秒钟内吃完那么多松饼，将会发生什么？答案正在涌向我的地板。

第 7 章 你的心脏病发作了吗?

呕吐物、半消化的食物……不管怎么称呼，它都是令人恶心的东西。谁的烂摊子谁收拾。我把一块布和一个桶放在弗里达面前，让她弯腰擦地。然而，她并没有让这摊污秽变小，反而更大了。她又吐了！好的，非常感谢！然后，她蜷缩在一个角落里，没有再起来，留下我傻傻地站在一旁。

我花了一个小时擦洗、清洁、消毒和通风。终于，地板恢复了洁净，也没有了臭味。弗里达还躺在桌子下面。她可以在那里睡个好觉，但我不会再让她躺到我的床上了。

松饼

大死神说过，有的人根本不知道适可而止，他需要亲自动手才能让他们明白。今天我知道了，适可而止真的很不容易。我明知道吃十个松饼会让胃很撑，但要我别吃？不要！唉，这块松饼并不想和我待在一起，其他的松饼也不想。可恶！

被吐出来的松饼和它们之前的味道截然不同。哕！哕！哕！胃也很疼。

呕吐之后，我发誓再也不吃松饼了。可转眼间我又想，好吧，也许吃一两个还行，三个或四个应该也没什么问题。哦，伙计！适可而止真的很不容易。

我不记得上次这么累是什么时候了，弗里达让我精疲力竭。所幸，松饼让她倒下了。自从她回到桌子底下，我就再没有听到任何动静了。这很好。莉斯贝丝进来说：“晚安。”

今天，我允许她隔着毯子给我一个超长的晚安拥抱。我从莉斯贝丝的脸上读出，她不明白为什么有这样的待遇。我该怎么说呢？今天是艰难的一天。

有那么一小会儿，我突然想要把弗里达的事告诉莉斯贝丝。但我到底该怎么跟她说呢?

“看，那是弗里达……我的朋……”绝对不是!

“她是小死神。她来这里是为了了解人类的生活。”这听起来太荒唐了，莉斯贝丝准以为我磕到了什么地方，把脑子撞坏了。又或者，她会和鲁迪一起把弗里达赶出去。我相信鲁迪可以做得非常好，但弗里达肯定会马上回来，甚至可能和大死神一起回来。不，不行。有些事情最好一直保密。

莉斯贝丝起身向门口走去，关掉了灯。“晚安，亲爱的！”她说道。

“晚安！”我说。“晚安！”弗里达在她的床铺里说。还好，弗里达说话的时候莉斯贝丝已经把门关上了。

我在黑暗中细听。弗里达没有动静了，一切都是静悄悄的。我倒在枕头上。终于安静了！为了这一刻我已经等了一整天了。

起初我以为自己在做梦，但是那些脚步声听起来那么真实。这些步子迈得非常小，不想撞到任何东西。脚步声越来越近，是赤脚在木头上走过的声音。接着我的毯子被掀开了，先从下面伸进来一双冰冷的脚，紧接着整个人钻了进来。

我立刻清醒了，打开了夜灯。“弗里达，你为什么不待在你的铺里？”

“那里只有我一个人。”

我不明白这有什么问题。

“你要不要也睡那里？”弗里达问。

我马上摇了摇头：“不，我要睡在床上。一个人睡！”

弗里达不喜欢这个答案。“孤独真讨厌！”她抱怨着，一把抢过我的毯子和枕头，把自己包裹了起来。我有没有说过，和弗里达在一起生活很累？

我起身从床头柜里拿出了另一个枕头和另一条毯子，再次躺下。我睡在床的边缘——保持安全距离！我又把灯关掉了。难以置信！小死神居然害怕一个人睡觉。一只小胳膊从后面搂着我。

她想和我依偎在一起。

孤独

孤独是指只有你自己一个人的时候。有时候一个人待着也不错，比如当我想玩玩具而塞缪尔不让我玩时。他说我会弄坏玩具，当然不全是这样，我只是偶尔弄坏而已。大多数时候，一个人待着并不怎么有趣，因为你会感觉孤独。天黑的时候，独自一人感觉特别不好，因为你会感到更加孤独。孤独的时候，拥抱很有帮助。

只差一点儿，我就成功入睡了。但这时，搂着我的手臂突然消失了，弗里达也不见了。黑暗中，我几乎看不清她的黑色轮廓，然而，她那把闪闪发光的镰刀看起来更扎眼了。我立即坐直身子，打开灯。我马上后悔了，因为小死神弗里达正在追杀我的袖珍椰子。我以最快的速度冲下床。但来不及了，袖珍椰子已经死了，叶子悲伤地耷拉着。

弗里达脱下斗篷，收起镰刀。她笑了。她怎么笑得出来？

“你都做了些什么？”我斥责她。

“完成我的工作！”她咧着嘴。

“你杀了它。”我指着我的植物说。

弗里达点点头说：“是的，我做得很好。”

做得很好？她连镰刀都没有收好。

“你为什么要这么做？”

弗里达睁大眼睛看着我：“因为它的时候到了。”

她把植物从土里拔出来，把萎缩的根拿给我。“看！它完全不行了。”

很遗憾，她是对的。但我不明白：“我总是给它浇水，

它为什么还是死掉了？”

“这可能就是问题所在。”弗里达说，然后把我的袖珍椰子扔进了垃圾桶。

“好了，它已经被埋葬了。”她说着回到床上。但我现在还怎么睡得着？如果弗里达能处置我的袖珍椰子，那么问题来了。“你也能处置我……吗？”弗里达摇了摇头，这让我松了一口气。

“很遗憾，不行。我只知道动物和植物什么时候死亡。人类什么时候死亡，我还无法预知。”

耐心

这个问题太让人讨厌了！只有带走了第一个人类之后，我才会知道人类什么时候会死。大死神说，如果塞缪尔的时间到了，他会告诉我的，我可以带他走。这是我的考试，我已经迫不及待了！但在那之前，我要有耐心，享受生活。如果塞缪尔不尽快和我出去，我就得长时间忍受这种生活。可恶！

很好，我总算放心了，但我仍然很感兴趣：“你是怎么知道植物或动物要死了呢？”

弗里达解释说：“当它们死亡的时间临近时，我能感觉到。”

这让我感到毛骨悚然。弗里达怎么能忍受呢？虽然作为死神的时候，这可能是另一回事。对于这份工作，弗里达似乎也乐在其中。也许是因为她自己不会死。

弗里达又陷进枕头里了。我却不敢躺下。

“你真的不知道人什么时候会死吗？如果我心脏病发作，大死神会来带走我吗？”

她有点儿犹豫地点了点头，随即兴奋地问：“你现在心脏病发作了吗？”

弗里达从床上跳起来，围着我转，仔细地打量着我。我感觉背后一阵寒意。

“没有！”我坚定地说，“不过你给我带来了很大的压力，这也不是不可能。”

这是一个小暗示，对于弗里达而言，我可能需要直截了当地说，才能让她闭嘴。果然事与愿违，她很兴奋，大声叫道：“哦，太令人兴奋了！我最近才在理论课上学过心脏病发作。”

“理论课？”

弗里达点点头。“是的，没错，如果我想成为大死神，我必须知道人们会死于什么原因。”

她表情严肃地问道：“你的左臂疼吗？”

我摇头。

“你感觉难受吗？”

我又摇了摇头。

“你呼吸困难吗？”

我还得再摇一次头。

“可恶！”看弗里达的样子像是我冒犯了她，“你不会心脏病发作的。”

希望如此。如果弗里达是我的接诊医生，我肯定会起诉她。“你忘记了一些症状。”我说。

“绝对没有！”弗里达说。

“你忘了！”我坚持，然后把我的医学百科全书从书架上拿下来递给弗里达。我列举道：“你忘了问我有没有胸闷，胸口灼痛，出冷汗，皮肤苍白。”

弗里达读着这本书，看起来很傻。“你有吗？”她想知道。我吊足了她的胃口，然后才摆出胜利的微笑，说：“没有。”

弗里达似乎真的信了我健康状态良好。她放下书，瘫坐在椅子上。“可恶，如果这样下去，我永远都没法通过考试了。”

“什么考试？”

弗里达支支吾吾地说：“嗯……呃……”

这个考试是很复杂的。弗里达花了一些时间才把她的笔记本从斗篷里拿出来，并解释说：“我必须了解生活的一切。但和你在一起太无聊了，我什么都学不到。”弗里达翻出笔记本的空白页。“看！还是老样子。”

她把白纸对着我，我想了想之后问道：“是不是在你对生活有足够的了解之前，你都要留在这儿？”

弗里达点点头。“和你在一起，我肯定要花上数十亿年的时间。”

什么？数十亿年？我没有那么多时间。我当然不想和弗里达共度一生，一天就够我受的了。一想到还要和她待更久的时间，恐惧的汗水就直往外冒。

“你现在心脏病发作了吗？”

“没有！不过我们明天可以出去，我会带你了解你想知道的一切。”

撒谎

哎呀，哎呀，我差点儿就露馅儿了。嘻嘻，好在我还算走运！塞缪尔相信了我的谎言。他以为我体验了足够多的生活就会离开。我撒起谎来比任何人都厉害。如果塞缪尔知道我不把他带走就不会离开，他肯定不会跟我出去。

第 8 章
嘿，我想一起玩！

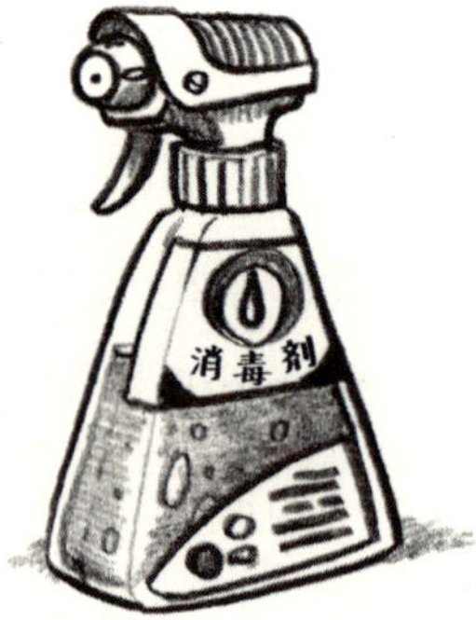

阳光灿烂，鸟儿鸣叫，今天应该是美好的一天。但对我来说不是，因为我得出去。

问题不是出去本身，而是你永远不知道下一秒将会发生什么。你不知道下一个转角会有什么潜藏的危险，比如有什么东西从屋顶上掉下来。在外面，一切都是无法控制的，不像待在家里。我了解我的房间、我的公寓，但我不了解外面的世界，我真的很想保持这种互不打扰的状态。但这种状态马上就要结束了。

这种情况以前从来没有发生过！从来没有！真的，我这辈子从没在没有父母陪同的情况下出去过。我想念莉斯贝丝，也想念鲁迪。如果他在，他应该已经牵着我的手了。鲁迪的手很强壮，可以保护我。但现在我孤身一人，我必须自己保护自己。

我已经采取了所有必要的安全措施：防护服、带透明面罩的头盔、口罩、橡胶手套和消毒喷雾。弗里达说我这个样子看起来很奇怪。她没资格说我。她穿着哥特风的服装：黑色T恤、黑色裤子、黑色鞋子和黑色单肩包，包里放着她的斗篷。弗里达的脸涂得太白了，但她觉得自己很酷。如果这里有人看起来很傻，那一定是她。

我穿过走廊来到前门。仅仅是这样，就已经让我汗流浃背了。从昨晚开始，我就一直在冒汗！今天早上，我想告诉弗里达我病了，不能出去。但从长远来看，这不是一个好主意。因为如果我和弗里达一起出去，她就有可能消失，而如果我不和她出去，我的余生都可能要和她待在一起。那样的话，我肯定活不下去。

“走！”弗里达在我身后推着。没事的。我打开门向外窥视，一辆车飞驰而过。今年已经有2443个人死于交通事故，我不想成为第2444个。我正要退后一步，但弗里达挡住了路，把我推到了门外。

我已经在外面了，情况和我想象的一样糟。到处都有安全隐患：骑自行车匆匆而过的人、流鼻涕的行人、拉大便的鸟、臭气熏天的水坑、发霉的残余垃圾、倾斜的树木、流口水的狗……

害怕（一）

塞缪尔说他害怕自己会出事。我不明白，我们甚至连游乐场都还没到。但我相信，不仅仅游乐场是危险的，整个世界都让生命处于危险之中。对我来说很好！要是我知道什么是危险就好了。如果我像塞缪尔一样害怕，我就能知道了。但我不害怕，什么感觉都没有。哦，有一只狗……

“哦，它太可爱了！”弗里达牢牢抓住了腊肠犬。此时老奶奶还紧紧地拉着绳子。弗里达爱不释手地抚摸着这条狗，从头摸到尾，又从尾摸到头。腊肠犬号叫着咬向弗里达，弗里达却反咬一口。老奶奶尖叫着呼救起来。

弗里达大叫：“走开！”狗呜咽着，被老奶奶拉走了。

狗、汽车和香烟

狗过来时，塞缪尔害怕地停了下来。我以为狗很危险，但其实它很蠢。汽车也很危险，连我都知道，因为我见过很多人被车撞死。我让一个人把塞缪尔推到车前面，他不愿意。可恶！啊，这儿有一支烟！每个人都知道吸烟是致命的。

弗里达捡起一个烟头，拿给我看。我觉得她脑子有问题。弗里达看起来很不满意，把烟放进嘴里。不过，她似乎并不喜欢这个味道。呸，呸，呸，她用力把烟吐掉并环顾四周。之后，花坛里的花就遭殃了。

花

花并不好吃，闻起来却很香，可以掩盖香烟的味道！香烟的味道更糟糕。现在我明白人们为什么要在坟墓上放花。花香掩盖了尸体的气味。我没有在花坛里发现尸体，它们应该是非常臭的。

花坛里的花所剩无几，但它们应该还能活，因为弗里达把她的镰刀忘了。她正在找我。

“快点儿！”她喊道。

我承认，我落后了一点儿。

落后了一百，两百，嗯，三百米吧。

“我已经尽可能地快了。”我回答。但这并不能说服弗里达，她向我跑来。

“我觉得你是走得尽可能地慢。”

幸好弗里达没看到我的表情。如果可以的话，我想退回去。我想回家！我觉得弗里达猜到了，因为她站在了我后面。我肯定她想再推我一次，但我不会让她得逞，这次我有了个好主意！

我拿起一块石头，努力不去想上面沾着什么。

“你拿的什么？”弗里达好奇地问。

我故作神秘地说：“哦，没什么！”

没等弗里达反应过来，我就把石头扔进了灌木丛。如我所料，弗里达跑过去了，尽管她不知道发生了什么事。我也跑，但往相反的方向，我躲到了一棵树的后面。如果弗里达找不到我，也许她会自己走掉，我就可以回家了。这就是我的计划！也是我做过的最愚蠢的计划。

“你真的以为能够摆脱我吗？”弗里达突然变回小死神站在我旁边。她脱下斗篷摇摇头，好像对我很失望。

说实话，我也只能对自己摇摇头。我还能说什么呢？恐惧会让最聪明的大脑变成糨糊，更何况我的大脑已经快被蒸烂了。我的防护服真的不适合炎热的夏天，它一点儿也不透气。

弗里达从树上折下一根树枝。她想干什么？把我赶到游乐场上去吗？正当我准备抗议说暴力不是解决问题的办法时，她用树枝敲了敲我后背的盔甲。

“快走！快走！”她说对于顽固的羊，牧羊人通常会这么做。

我现在的感觉就像一只待宰的羔羊被牵到屠宰场一样。游乐场越来越近了，近到我越发知道为什么我从来不愿意来这里——游乐场是死亡的温床。锈迹斑斑的秋千链吱吱作响，旧滑梯只靠上面的泥垢黏在一起，巨大的攀岩墙伫立着，只等着下一个受害者坠落。但未来的受害者并不像他们看起来那么无辜。相反，孩子们可能是游乐场最危险的因素！

孩子们脸上挂着鼻涕，膝盖流着血，身上有溃烂的伤口。他们是行走的病菌发射器，是运输病菌、传染疾病的工具，是死亡的小卫兵。弗里达非常激动。她当然激动了！

最后一次，我试图逃避我的命运。“我们走吧？”我问弗里达。

“不行！”

“我们可以去公园躺在草地上吗？”

“不行！”

“我们可以……”

震耳欲聋的尖叫声打断了我的提问，我看向游乐场。一个孩子从跷跷板上摔下来，流血了。弗里达笑了："我们去那里吧！"

"不去！"我说。弗里达看不见吗？那个孩子的血迹都还没干。

跷跷板

那孩子的额头撞到地上了。砰！流血了，真酷！孩子哭了。如果下巴着地，他可能会摔断脖子，那样他就没机会尖叫了。我得去找塞缪尔过来，跷跷板很危险。

弗里达跑了过去。很快，她就发现自己忘记了什么——我。她回来了，拉着我的手。除了尽可能地让自己变得沉重，我别无他法。弗里达比她看起来要固执得多，不过，她还是抱怨说："你真的很难对付。"

"坐下！"弗里达说。我们正站在跷跷板前，这个高度危险的发射器被称为儿童玩具。这一定是一个不喜欢孩子的成年人发明的。我摇摇头，我是绝对不会坐那东西的。只要一想到要坐在这个东西上，我就会出一身冷汗。我迫切需要新鲜空气，于是打开了头盔上的面罩。这么一来，弗里达的脸我看得更清楚了。她尖叫着说："我想玩跷跷板！"

我不关心弗里达想要什么。她想来游乐场，我们就在游乐场了。不用客气！我的工作已经完成了。让她自己再找一个傻瓜来陪她玩跷跷板吧。有很多人跑来跑去，他们都在看什么？

"你的外套真好看！"就像听到召唤一样，一个小傻瓜突然出现在我面前。他戴着一顶滑稽的帽子，与他滑稽的制服很配。是一名童子军。他微笑着向我递来一张宣传单，搞得好像我愿意去碰它似的！更何况他还有皮疹，有些地方的皮肤被划伤了，还结了痂。我猜是神经性皮炎。没有传染性，但看着倒胃口。我再次放下面罩，往后退一步。男孩压抑着抽泣，继续微笑。他真傻，但他在正确的时间出现在了正确的地点。我指着弗里达问："你想和这个女孩一起玩跷跷板吗？"男孩刚想回答，弗里达却抢先说："我不想和他玩，我要和你一起玩！"

我叹了口气。"我不玩跷跷板。你要么和他玩，要么就别玩跷跷板。"

男孩保持着笑容。"我愿意和你一起玩跷跷板。我叫查理。”他对弗里达说。

弗里达不在乎那个男孩叫什么，她更愿意惹恼我：“你为什么不和我一起玩跷跷板呢？”

对此，我明确地告诉她：“因为23%的儿童事故是从高处坠落。”

“我会很小心的。”弗里达说。我一点儿也不相信她。

“她会很小心的，”查理重复道，“相信她！”我迷惑地看着查理。他在胡说些什么？

“没错，相信我！”弗里达说。

我感到更加困惑了。当然，没有人透过面罩看到这一点。我立刻摇了摇头。信任？信任一个吃烟头、在我的房间里呕吐的小女孩？更何况她还是小死神，绝对不能相信她！

“但她是你的朋友。”查理插嘴说。弗里达立刻接话说：“但我是你的朋友。”

“你不是我的朋友！”我告诉弗里达。

为了结束这场讨论，我抛给她一句“我在那边等你”，然后走向一张长椅。弗里达想和谁玩跷跷板就和谁玩，但绝不是和我！

弗里达跑向秋千，留下查理站在原地。他悲伤地看了她一会儿，很快又挤出笑容，试图把他的童子军宣传单发给其他孩子，可惜一张也没有发出去。他们都盯着他，但又都避开了他。这都是因为他的皮疹。我有点儿同情他了。查理往嘴里塞了块巧克力，并从中得到了安慰。他是一个靠吃来缓解压力的人！最好不要这么做，如果变胖了，会有更多的人盯着他看的。突然，游乐场上传来呜咽声。不是来自查理，而是来自刚刚被弗里达推下秋千的女孩。

让人恼火

塞缪尔不想和我一起玩跷跷板。可恶，玩跷跷板又不会死！我需要寻找其他危险的事情！也许是荡秋千？秋千飞起的时候，我的脚蹭到了一个女孩的头，她害怕得尖叫起来。不过，我不认为塞缪尔会自愿站在秋千前面。

女孩遭殃了，弗里达又薅了一把她的头发。看来我还是坐在这张长椅上，尽量与弗里达保持安全距离比较好。至少我不再是唯一一个要面对弗里达的人了。把痛苦分担出去，痛苦就会减半。在这里，我可以和许多人共同承受弗里达带来的麻烦。也许来游乐场也不是一个坏主意？

也可能是个坏主意。虽然我把弗里达打发出去了，但身边突然多了许多其他小孩。

“你这是什么打扮？”一个男孩说道，他看起来不像查理那么友好。

我一般不回答愚蠢的问题，尤其是一个可能从去年圣诞节开始就没洗过澡的人提出的问题。我站起来，想离开这里，但被孩子们团团围住了。

“你不会说话吗？”男孩问。

我看了看弗里达。我应该大声呼救吗？弗里达正盯着那个哭泣的女孩，另一个女孩送给哭泣的女孩一条友谊手链。最好不要呼救，谁知道弗里达站在哪一边。我坚定地说：“别烦我！”

大多数时候，如果你看起来很自信，你就已经赢了。不过，今天好像行不通。突然，一个孩子从后面把我的头盔和口罩都扯了下来。红色警报！我掏出消毒喷雾，为了我的生命安全，我喷了几下。孩子们尖叫着跑开了。是的，消毒喷雾会刺痛眼睛。

友谊手链

塞缪尔必须成为我的朋友。如果他是我的朋友，他就会信任我，和我一起去玩跷跷板、荡秋千或做其他危险的事情。为了让他成为我的朋友，我需要一根友谊手链，但那些愚蠢的女孩不想给我，她们说："友谊手链是为朋友制作的，你不是我们的朋友。"我不想成为她们的朋友，我只想成为塞缪尔的朋友。我正想推一下她们，却发现塞缪尔在和其他人玩。这可不行！

弗里达大叫："嘿，我想一起玩！"这时，一个男孩一把打掉我手里的消毒喷雾并从背后勒住我的脖子。我尖叫、踢打……突然，我重获自由了。

是弗里达救了我？

不是，是一个穿童子军制服的女孩制止了那个男孩，把他从我身边拉开。

"滚开！"她对男孩说。男孩恶狠狠地盯着她。女孩猛地一蹬，好像要把男孩踢飞一样，他就跑了。如果我是他，我也会这么做。因为女孩的右膝下面并不是小腿，而是一个由金属做成的假肢，如果被这条腿踢到，一定很疼。

“可恶！”弗里达不满地噘起了嘴，“我想一起玩。”我不知道弗里达说的是什么意思。我收起了消毒喷雾和头盔。头盔亟须深度清洁，就像我一样。

“弗里达，我们该回家了！”

弗里达没有听我说话，她正看着刚刚箍住我的男孩。

敌人

也许那个男孩会推塞缪尔一把，让他出车祸？他好像不喜欢塞缪尔。

弗里达跑开了。我敢肯定，只要我走掉，她就会马上回来。我现在也走不了，刚才那个童子军女孩挡住了我的路。

“你至少该说声谢谢吧！”她说。查理在她旁边微笑着。“艾米丽救了你。”他钦佩地仰望着那个女孩。

好吧，随便。“谢谢！”我说。但之后我还是没能走掉，艾米丽把一张宣传单压在我胸前，我不得不接住它。我想马上扔掉这个东西，但说实话，我有点儿害怕艾米丽会用她的假肢踢我。所以我快速看了一眼宣传单，看到童子军在徒步旅行，童子军在生篝火，童子军在划船。童子军基本上就是树林里的一群脏孩子。我该怎么办?

这个问题我自己就能回答，毕竟我领悟出了一个道理：把痛苦分摊出去，痛苦就能减半。我顿时有了一个主意。

我指着站在男孩身边的弗里达，问艾米丽：“她能加入你们吗？”

“任何人都可以加入我们，”艾米丽说，“这个周末有露营活动，到时候你们可以来看看。”

我什么都不想看，但我觉得自己找到了一个两全其美的办法，既可以让弗里达体验一些东西，又不会让我受到太大的影响。我带她去露营地，把她交给童子军。哦，我真想高兴地大叫一声。这个计划太棒了，我的大脑还是挺活络的。我四处寻找弗里达，她还在和那个男孩说话，但他摇摇头。弗里达想从男孩那里得到什么?

“嘿，弗里达，”我喊道，“我们周末跟童子军去露营，好吗？”

弗里达跑了过来，我给她看宣传单。现在我必须展现自己的销售天赋：“你可以去徒步、搭帐篷、做生存训练……”

“危险吗？”她打断了我。

我还没来得及回答，查理就做出一副严肃的表情说：“有时候蛮危险的。在这里，你可以体验什么是真正的冒险。”

宣传单上的这些话他烂熟于心。弗里达睁大眼睛看着我：“冒险？”

“你不必害怕！”查理说。

“我们这里还没有发生过死亡事故，”艾米丽笑着说，“就连我那笨手笨脚的弟弟也不会出事。”她拍了拍查理的头，他看起来有点儿生气。

弗里达看起来不像是害怕，更像是在思考些什么。最后，她微笑着点点头：“好的，我想加入童子军。”

不知道为什么，我觉得弗里达的笑容并不像看起来那么友善。

冒险

我知道，冒险很危险。大死神带走了许多冒险者，有的被困在冰川的裂缝里，有的从天上掉下来却没打开降落伞，还有的以为可以像鱼一样潜到很深的水底，但后来就没有空气了。我想知道童子军的冒险是怎样的。也许是一次洞穴探险，塞缪尔找不到出口这种?

第 9 章
你真的想加入童子军吗?

莉斯贝丝和鲁迪什么也没说。好吧，我明白，这对他们来说有点儿难以消化。他们唯一的儿子多年来一直拒绝与其他孩子接触，现在却突然和这个女孩出现在客厅里，还说想和她一起加入童子军。

我看着他们。

他们也看着我。

弗里达吃着蛋糕。

我逼她脱下斗篷，在我父母面前做自我介绍。

“你好，我叫弗里达，是塞缪尔的朋友。”她说。我也只能随她这样说，但在此之前，我向弗里达明确表示，这不是事实。

问候完弗里达之后，莉斯贝丝和鲁迪一直没有说话。

他们就不能振作一点儿吗？毕竟，他们只需要应付一个坐在沙发上啃着蛋糕、喝着可可的小女孩。而真实的弗里达根本不是现在这副模样，她现在的样子都是假装出来的，她其实是小死神。

“你真想要加入童子军吗？”终于，莉斯贝丝开了口。

我赶紧大声而有力地回答：“是的！”这样一来，事情就可以有进展了。可能我的声音太大了，莉斯贝丝看起来有一些惊恐，鲁迪也被蛋糕噎住了。我在他背上拍了一下，想把他的震惊拍走。但我的拍打没起作用，他喝了一口咖啡来压惊，然后继续保持沉默。

弗里达打了个嗝。她真是一点儿都不注重礼仪！这个嗝总算让莉斯贝丝回过神来：“你是在游乐场上认识弗里达的吗？”

我马上回答：“是。”这一次没有那么大声了。弗里达补充道：“还有艾米丽和查理。”

我马上就能看透莉斯贝丝和鲁迪脑子里的想法：艾米丽和查理是谁？弗里达对战略谈判真是一窍不通。这里的重点不是压垮对方，而是通过巧妙地传递信息，让谈判对象完全按照我的想法去做。当下的情况，我的想法就是让我带上弗里达去参加童子军的活动。

“我觉得童子军很棒。”鲁迪打破了沉默，他的大脑肯定又开始工作了。“我也是。”弗里达立即附和。两人相视而笑。很好！我们已经将鲁迪收入囊中了！说实话，这正是我所期望的，莉斯贝丝将是更难攻克的一个。“你的父母同意你加入童子军吗？”她问弗里达。弗里达正准备开吃一块新蛋糕，我向莉斯贝丝解释：“弗里达的父母不在了，她和祖父生活在一起。”

听到这些，鲁迪和莉斯贝丝的神情里充满了怜悯，也许我们一开始就应该这么说。可怜的孤儿弗里达想加入童子军，这样我们就能更快地取得进展了。但如果莉斯贝丝那么好说服，她就不是我的妈妈了。在过去的几年里，她从我身上学到了很多东西。“这是不是太危险了？你的头盔、防护服、手套怎么办？你不能整天都穿戴着这些吧。”

理论上我是可以的。但是我知道，如果我现在不做出牺牲，就没法参加童子军了，我就得一直看着弗里达。这可能比不穿防护服的周末更危险。所以我满怀信心地说：“我把防护服和头盔留在家里。”莉斯贝丝被我突如其来的转变惊呆了，她甚至打翻了手中装蛋糕的盘子，盘子和蛋糕都落在了地上。这对弗里达来说不是问题，她跳起来说：“我还可以吃！”

鲁迪和莉斯贝丝

塞缪尔说我得给他的父母留下好印象，他们就会同意我们去参加童子军。我不知道我是否给他们留下了好印象，但我肯定留下了印迹。我把杯子打翻了，可可流到了地板上。我马上去舔它，但是在地毯上舔可可比吃蛋糕难多了。还好，莉斯贝丝和鲁迪没有生气。莉斯贝丝还在公寓门口抚摸我的头，给了我一块蛋糕，说是给我爷爷的。他们没有注意到，道别之后，我穿上斗篷，回到了塞缪尔的房间。还好我没有爷爷，这块蛋糕归我了。

好在莉斯贝丝和鲁迪并不害怕这个什么都吃的弗里达，否则他们肯定不会同意带她去童子军营地的。其实，只要我愿意出去，鲁迪不会在乎带谁一起去。平复了最初的震惊之后，鲁迪抑制住内心的喜悦，开始计划我们在营地里的活动。这对他来说将是一个全新的开始。我什么都不想做，只想把弗里达留给童子军。但如果弗里达搞砸了，露营旅行也会落空。

莉斯贝丝和鲁迪在车里等着我、弗里达和她爷爷。我和父母说，弗里达的爷爷会当面向他们说明，他同意我们去露营。莉斯贝丝和鲁迪很重视这一点。问题是，我不可能这么快就为弗里达找到爷爷。于是，在我们家的角落里，我拿纸贴在弗里达的背上，写了一条信息，说弗里达的爷爷允许她去。我写得很潦草，这样他们就会以为她的爷爷很老迈很虚弱，连出门都困难。

我写完了，把纸条递给弗里达。

“你还记得你该怎么说吗？”我问她。

她点了点头。

我注视着她的眼睛：“确定吗？”

她又点了点头。这次我相信了。

我告诉弗里达在这件事上必须认真地照我说的做。幸好，她很快就明白了我的意思。

冒犯

我不是新手了！可笑！塞缪尔居然向我解释什么叫撒谎！如果他知道我有多擅长撒谎，他就会多出一件害怕的事了。嘻嘻。

我们走向莉斯贝丝和鲁迪。他们询问弗里达的爷爷在哪里。弗里达用一种低沉的、悲伤的声音说着台词："我爷爷病了，出不来了。但他同意我去旅行。"她把我写的那张纸递给莉斯贝丝和鲁迪，他们看了起来。

等他们看完，我就知道这个计划成功了。莉斯贝丝散发着母爱，怜悯地把手放在弗里达的肩膀上："你爷爷很不舒服，是吗？"弗里达立刻露出悲伤的神情，哽咽着说："他年纪太大了。"

开车

"开快点儿！开快点儿！"我喊道，但鲁迪并没有开得更快。可能是因为塞缪尔说过，去年发生了30.9万起交通事故。后来我想开车，但鲁迪说，年满18岁而且有驾照才能开。我本想告诉他，如果按照人类的年龄来算的话，我已经很老很老了，但他肯定不会相信我。比起我的真实年龄，我看起来太年轻了。

第 10 章
这是一个意外，朋友！

我之前只是觉得和弗里达一起自驾游会很累，没想到露营更累。现在她几乎要玩疯了。

“我想一起玩！”她喊着，跑到玩排球的人那里。但玩排球的人不想和她一起玩。如果一个小女孩一刻不停地喊着“轮到我了”，还要推开每个接球的人，那她是不会受欢迎的。

弗里达生气地走了回来。

“他们真蠢！”她自顾自地说着，没看到鲁迪、莉斯贝丝和我拉的帐篷拉绳。

弗里达被绊倒了。我躲开了她，可帐篷却不能。

“噢，坏了。”弗里达并不在乎。

空气中弥漫着烤香肠的味道，再往前走一段，就是烧烤区了。弗里达冲了过去："我饿了！"

一个穿着褐绿色长裤和T恤，看起来像军人的人运气不好，他甚至都没有看清弗里达从树丛里冲出来，她动作迅速，转眼间烤架上就少了两根香肠。鲁迪、莉斯贝丝和我都听到了那个人在弗里达身后愤怒地咒骂。我们赶紧转身离开，不希望其他人认出弗里达是我们的同伴。

拿着香肠的弗里达再次被拉绳绊住，撞上了第二个帐篷。刺啦！帐篷撕裂了，帐篷布上沾上了油污。两根被咬过的香肠滚到地上，没有关系。"还能吃！"

"弗里达，你不能去偷别人的食物！"莉斯贝丝告诫她。

"为什么？"

莉斯贝丝不理解，这还用问吗？

"来，弗里达，过来帮帮我！"鲁迪说着，给了弗里达几根钉子和一把橡胶锤，让她把他刚搭好的帐篷固定住。

"如果你来帮忙，帐篷会搭得更快。"鲁迪是对的，至少在两分钟内是对的。弗里达兴奋地把钉子揳进地里，直到她看到一个手拿冰激凌的孩子走过。

“弗里达！”我喊道，但为时已晚。几秒钟后，孩子仍站在原地，手中的冰激凌不翼而飞，而弗里达的嘴里却塞满了巧克力冰激凌。鲁迪和莉斯贝丝交换了个眼神，是时候要严肃地批评她了。

规矩

我不能随便拿走别人的食物，这是偷窃。如果我想要什么，必须说“请”。

我不能推搡、打或者踢别人，因为会很痛。

如果我伤害了别人，我要说“对不起”。

好吧。这一次，革……革命……我不革命了，因为鲁迪和莉斯贝丝说，如果我不遵守规则，就不能参加童子军的活动。因为童子军都是善良的、乐于助人的人，他们每天都做好事。我也能做到！

“弗里达，快停下！”我喊道，但她还在追那只在我周围嗡嗡叫的黄蜂。

“你会把它惹急的！”

“不，我很友善，乐于助人，我在做好事。”

我不需要弗里达做好事。尽管我把防护服和头盔都留在了家里，我也不会让自己在野外毫无防护。我新买的户外长裤和上衣是防虫的，脚上厚厚的登山靴不受爬虫的影响，头上的防蜂帽可以抵御来自上方敌人的攻击，至少可以抵挡除落石以外的一切。我承认，从时尚的角度来看，我的装备还有所欠缺。但穿得丑一点儿，总比死在森林里强。

“哎哟！”黄蜂蜇了莉斯贝丝。我就知道，总会发生点儿什么。我马上拿出消毒喷雾，喷在她被蜇的部位，然后指示鲁迪：“去拿个冷敷袋！”

我给莉斯贝丝检查了一下。她没有过敏性休克的迹象。呼！这一次又很走运。

“亲爱的，我很好。”她说。

我点点头，拿起冷敷袋，把它放在莉斯贝丝的胳膊上。

“继续按压。”

我讨厌弗里达，她差点儿害死了我妈妈。她真的得走了！越快越好。但我需要童子军的帮助，他们在哪里?

“你好！”我还没来得及叫弗里达去找他们，查理就出现在了我面前。他笑着挠了挠皮疹。我很快就和他拉开了安全距离。查理后面跟着艾米丽和另外五个童子军。

“嗨！”艾米丽说。

“你好。”其他五个人举手致意。由于要致意，他们必须将手从口袋里掏出来。有那么一瞬间，我担心他们的裤子会掉下去，然后只穿内裤站在我面前。他们的裤子大了至少三个码，就像“松垮衣服天团”。

艾米丽说：“要和我们一起去湖边吗？”

“要！”弗里达喊着就冲了出去。由于查理挡住了她的路，他直接被撞倒了。他的膝盖流血了，又一个弗里达受害者。

“鲁迪，我们需要急救箱！”我喊道。但艾米丽说：“不需要，只是擦伤而已。”

查理眼看就要哭了，艾米丽生气地看着他。

“查理，我之前是怎么教你的？”过了一会儿，查理咽下眼泪，站起来。“杀不死我的，终将使我变得更强大。”

好吧，我也只能希望如此。这时，弗里达走了回来。

“你为什么不一起去？”她问道。

“因为我想留在这里。”我说，“但我希望你玩得开心！”

弗里达睁大了眼睛：“那冒险呢？”

“相信我，”我说，“冒险最好不要带上我。”

“我不相信。我要和你一起去！”

我摇头。

“请你也一起去！”

“不！”

弗里达深吸了一口气：“求求你，求求你，求求你，求求你，求求你，求求你，求求你……”她的一口气要用完了，她倔强地看着鲁迪。“请求根本不起作用，我现在可以推他了吗？”

鲁迪说：“塞缪尔，你为什么不一起去呢？我们来这里不就是为了一起玩吗？”

我还没想好怎么回答，查理就问：“你不会游泳吗？”

我不会。但这不是我的问题。

“我们会教你的，”艾米丽说，“别担心！”

“没错，别担心！相信我！”弗里达对我咧嘴一笑。

别逗了。“溺水是儿童死亡的第二大原因。”我告诉大家。他们看起来很蠢。弗里达固执地喊道：“到湖边来吧！”

“如果你害怕溺水，不是更应该学会游泳吗？”艾米丽说。

我叹了口气，松垮衣服天团也是。

“这里充满了紧张的气氛。”其中一个人说。其他人点点头，裤子随之摆动。

“如果你不去，我也不去！”弗里达宣布，然后坐在地上，掏出几根毛线。她拿毛线干什么？

信任

“生命中唯一可以信任的就是死亡。”这是一句谚语。如果有一个人能让塞缪尔相信，那就是我，但他没有。可恶！我得尽快成为他的朋友。为什么编友谊手链要花这么长时间？

弗里达叹息着，靠在帐篷上。突然，我看到帐篷倒塌了，朝我这边压来，最后在距离我几厘米的地方轰然倒地。弗里达并没有把所有的钉子都敲进地里。

“哎呀！”她说。

“真可怕！”松垮衣服天团说。

“杀不死我的，终将使我变得更强大。”我心想，并宣布，“我和你一起去湖边。”

水面在阳光的照耀下波光粼粼。松垮衣服天团坐在气垫上从水面滑过。我听到了口号：“准备转弯！”五个人一齐转身。还好，他们的游泳短裤不像长裤那样挂得那么低。

弗里达兴奋地跳来跳去。她换衣服的速度比我快多了。

“快点儿！”她催促道。但是连体泳衣是很复杂的衣服，还要穿泳鞋。

“走吧！”我说。我想，一旦弗里达下了水，她就不会总念着我了。看得出来，她已经迫不及待了。尽管如此，她还是摇摇头。弗里达今天真的很固执，但我更固执。“好吧，来吧，看谁先下水！”我喊道，然后朝湖边跑去。弗里达从后面追上我。这就是我的计划——我猛地停下脚步，但弗里达还在继续跑。现在她在水里了，而我还在陆地上。哈哈。

“她会游泳吗？”鲁迪在一旁问我。

我不确定。

弗里达再次出现，然后……

“她不会游泳。”我说。鲁迪立马冲了过去，一个强壮的家伙比他更快，已经把弗里达从水里捞了出来。

“这是马穆特，我们的组长。”艾米丽和查理出现在我身后。马穆特狠狠地拍打弗里达的背，促使她往外吐水。鲁迪和他握手，表示感谢。

“分腿，并拢，蹬！”鲁迪喊道，弗里达踢了踢腿。她的手臂上戴着充气塑料游泳圈。

“很好！”鲁迪说，一股水溅到了他的脸上。他笑了起来，弗里达也是。我没有笑，我上一次和鲁迪一起相视而笑是什么时候的事了？

“应该学游泳的不是你吗？”艾米丽问。我摇头：“我会游泳。分腿，并拢，蹬。很简单。”

我从艾米丽的眼神里看出来，她不相信我。没关系，反正我也不下水。

“塞缪尔，来吧！”弗里达喊道，向我挥手。我假装没听见。

“这比看起来要容易得多。”查理现在也很烦人。他自豪地向我展示他泳衣上的红色海马徽章，我的视线却被他腹部猩红的神经性皮炎吸引住了。

“你有什么问题吗？”艾米丽低声吼道。

还好莉斯贝丝来救场，我准备和她去划船。我们租了一艘脚踏船横渡湖面，远离弗里达和童子军。

在水面上肯定比在水里好，不过，漂浮在我们身边的死鱼也许不同意我的观点。

突然，背后传来一声“你好”，我们转过身，弗里达冲我们咧嘴一笑。她用斗篷把自己擦干。我猜想那条鱼的死并不是意外。

“弗里达，你在这里做什么？”莉斯贝丝问道。她的答案让我们俩感到疑惑。“鲁迪想和你一起游泳。”

鲁迪看上去并不像在等莉斯贝丝。他正开心地在既定的路线上划水，直到与我们的目光相遇，才朝我们挥手致意。

“别担心！我就待在这里。”莉斯贝丝想让我安心。

“鲁迪会很伤心的。”弗里达不怀好意地说。

“去吧！”我说。我的脑海里浮现出鲁迪的那句话：“塞缪尔错过了他的生活，你也会错过你的。”

莉斯贝丝惊讶地看着我：“你一个人能行吗？”

虽然有点儿犹豫，但我不希望父母因为我而感情不和。于是，我坚定地点了点头。莉斯贝丝说：“好吧，就让弗里达在这儿陪你。”

弗里达正是我的麻烦。游完泳后，弗里达躺在船上。还好，这个麻烦精现在很累。

“玩得开心！”我说。莉斯贝丝跳入水中，我的视线一直尾随着她。她来到鲁迪身边，鲁迪喜笑颜开。他们微笑，拥抱，亲吻。好的！谢谢！够了！我会把目光移开的。任务完成，他们的婚姻得救了。

我也得救了。因为弗里达睡着了。周围很安静，小船在湖面上荡漾。这里真的很美，而且很暖和。也许我可以把脚趾伸进水里？扑通一声，我把整只脚浸入水中。弗里达拍了一下我的背，准确地说，拍了我的救生衣。

“嘿，你在干什么？”

我马上把脚从水里提起来，但弗里达还在继续拍。“你背上有一个东西！”

我尽可能地把头转过去，但我什么都没看到。“什么东西？”

“有一个奇怪的、黑色的东西，长着长腿和尖刺。”

什么意思？什么？“把它赶走！马上！”

弗里达继续说道:“我在努力，但它卡住了……哦，不，现在它在爬!”

什么?不!我赶紧解开救生衣，把它从我身上脱掉。我从来没有这么快就把衣服脱下来过。呼!我深吸一口气，冷静下来看了看。可救生衣上什么也没有，也许它已经掉下去了?突然，船摇晃起来。弗里达在上蹿下跳。

“弗里达，停下!”我喊道。但弗里达只是笑着，跳得更欢了。

我抓住船上的一个座位。

“弗里达——”

完了。我的手失去了抓力，脚下一打滑，我落水了。

水里又冷又湿。这不奇怪。神奇的是，我的腿在踢水，我的胳膊在划水。

“救命啊!”我喊道。

“分腿，并拢，蹬!”弗里达喊道。

她在船上给我演示，但我不确定她是不是在笑。

扑通一声，弗里达也掉进了水里，难道她想救我?

“救命……”呛水之前，我再一次呼救。脖子上的锁扣在往下沉，但我不想沉下去，于是我拼命地划水。突然，正上方出现两只脚。我要抓住它们。

成功了！我一边蹬腿，一边紧紧抓住那双脚。终于，靠着那双脚，我把自己拉出了水面。我从来没有觉得呼吸空气的感觉那么好。我的肺还需要更多的空气。我又吸了一口气，这下我终于认出了我的救命稻草。弗里达紧紧地抓住我的救生衣，而我紧紧地抓住她。我想大声问她，刚刚是怎么回事。就在这时，艾米丽、查理和松垮衣服天团来了，把我们拉上了他们的气垫。

不公平

我计划得很周密，但大死神把一切都毁了。按计划，塞缪尔以为有一只动物在他的救生衣上，按计划他脱下了救生衣，按计划他落入水中，并沉了下去。如果一切按计划进行，要不了多久我就能带走他了。出乎意料的是，大死神掀起了波浪，把我也卷进了水里，我只好抓住塞缪尔的救生衣，同时也救了塞缪尔。是我的疏忽，也可以说不是疏忽。因为我们自己不能杀人，大死神又和我强调了一遍。好吧，好吧……大死神真是不公平。

我在岸上大喊大叫："你想要杀了我吗？"声音大得每个人都能听到。我不是唯一一个像落水狗一样站在那里的人，弗里达看起来也很狼狈。

马穆特替她解围："她不是故意的，朋友。这是个意外。"

弗里达点点头："这是个意外，朋友！"

"她救了你。"

"我救了你。"

是的，没错。这件事恐怕是运气多过良知，事情本来可能会有不同的结果。

"如果你愿意，我们可以回家。"莉斯贝丝说。

"马上就走！"连鲁迪也这么说。

"但如果你愿意留下来，我们会很高兴的！"马穆特说。

"我们会好好照顾你的！"艾米丽补充道。

"时刻准备着！"查理和松垮衣服天团喊道。

我想了想，眯着眼睛看着弗里达。有一件事可以肯定，和她在一起，再多的保镖也不够。

"塞米，你到底想怎么做呢？"鲁迪问道。

答案是明确的：我想回家，把弗里达留在这里。不过，我知道这行不通。我去哪里，弗里达就会去哪里。所以只能这么做。

“我们留下来！”和弗里达还有童子军一起待着，总好过和弗里达单独待在家里。

第 11 章
过去，沼泽是亡者的长眠之地

“我们什么时候到？”弗里达在一刻钟里问了不下十遍，但没人接她的话茬。我们已经徒步二十分钟了，弗里达无精打采地跟在后面。每当她要停下来的时候，查理就塞给她一块巧克力，支撑她继续往前走。

不知道为什么，我现在感觉很好。松垮衣服天团把我带到了他们中间，我也把裤子拉低了一点儿。几天前，我还会把这次徒步旅行形容成生无可恋，但现在我该怎么说呢？这和看问题的角度有关。从我的角度来看，多亏了童子军的保护，我现在没那么烦弗里达了。

我拨开防蜂帽的网帘，视线终于清晰了！这片森林看起来比我想象的要安全。到目前为止，这些树还没有

倒下的风险。这是一个宁静的早晨，森林里郁郁葱葱，鸟儿在树上唱歌。

除了啪的一声撞到我脚上的那个人。我转过身来，是弗里达，她正起身收拾她的镰刀。她说了句“心搏骤停”，心情突然好了很多，随着童子军歌曲的节拍在灌木丛中快乐地蹦蹦跳跳。她既不懂歌词，也不懂旋律，却唱得很起劲。马穆特笑了：“至少她的歌声能赶走狼群。”

弗里达的最后一个音符卡在了喉咙里。

“这里有狼？”

过了一会儿，我发现她不见了。

狼群

以前，很多人会被动物吃掉。现在正好相反，很多动物被人吃掉。万一我找到狼群时，狼群突然感到很饿呢……

什么也没找到！我有一个非常好的诱饵——新鲜的野兔。我认为，狼群可以把野兔当前菜，再吃掉塞缪尔。

只可惜没有看到狼群，可恶。好吧，我就再抱抱兔子吧。

“摸摸它！它比你的泰迪熊还要柔软。”

弗里达把一只死兔子放到我面前。真恶心！

“快把它拿走！”我喊着，迅速闪到一边。不好，我碰到了荨麻！我尖叫了起来。

“这是什么？”出于好奇心，弗里达伸手抓了一把荨麻。她也尖叫了起来，但我叫得更大声。查理就朝我手上吐口水。

“真恶心，真恶心，查理真是行走的传染源。”查理把我的话告诉了艾米丽。我承认，这话对查理很不友好。但当他的唾液从我手上滴下来时，我能说什么呢？

“杀不死我的……”艾米丽起了个头。

“终将使我变得更强大。”查理抽泣着说。

“别哭了！”艾米丽说着，从查理手中抢走了巧克力——这是他用来安慰自己的。“不要吃了！你想得更多的皮疹吗？”

查理只是想帮忙，因为口水可以止痒。我想我应该道歉。

接着，艾米丽走到我面前：“别再欺负我弟弟了！”

艾米丽的假肢在阳光下闪烁着危险的光芒。我转身离开，去找松垮衣服天团。他们和马穆特一起站在一座小土堆前，下面埋着死去的野兔。

“安息吧，小兄弟！”马穆特说。

“安息吧！”松垮衣服天团重复着他的话，并敬了礼。我也跟着做了这些。弗里达又卸下一大堆死去的小动物。

“你们还有更多东西要埋呢。”

童子军

童子军不喜欢我的礼物。可恶！我本来想问他们中谁能用童子军刀刺伤塞缪尔。作为回报，他们也应该为我做一件好事。不过，我发现童子军完全不适合做这事。他们对那些死去的动物大惊小怪的。马穆特问我从哪儿弄来的，我说是在林子里找到的。即便如此，他仍然给我上了漫长的一课。他说原则上童子军是不会杀生的。真可惜。于是，我问他们要不要去砍柴。我的计划是树倒下时可以砸中塞缪尔。但他们说童子军烧火只用枯木。每个生命都很重要？人们不过是夸大其词而已。

艾米丽在前面，和马穆特走在一起。我的机会来了。

“对不起！”我说着，递给查理一些覆盆子，“这不是巧克力，但是很好吃。”查理笑了笑，刚想去拿，结果被弗里达抢了先。“好吃！”

查理吸了吸鼻子。我迅速挡在他面前，以免被艾米丽看到。弗里达的下巴上正滴着果汁。“再给我一些！”

"你自己去找！"我对她说。

"好主意！"马穆特说，"我们该准备晚餐了！"

弗里达的篮子很久也不见满，可能是因为她发现的十个浆果中，有九个都进了嘴里。我都懒得说，我才不想给自己找麻烦。艾米丽就不一样了，她说："谁不采果子，谁就没有晚饭吃！"

"不！弗里达，快放下！"弗里达正要采摘白色蘑菇，被我喝止了，"这些是毒鹅膏菌，是有毒的。"

"真的吗？"

"当然是真的。"我肯定地说。我最了解的事情就是如何生存。

奇怪的是，弗里达现在对蘑菇更感兴趣了，她问道："毒性到底有多强？"

我明明白白地说道："足以致命。"

毒药

我早该想到的。中毒是很好的死法，因为死无对证！没有人知道是谁干的。下毒最重要的是保密。秘密地收集蘑菇，秘密地把它们切碎，秘密地把它们混在食物里，否则就不要轻易行动。

弗里达有点儿不对劲。她先是帮我搭帐篷，然后帮我在背上喷洒驱蚊液，现在还自告奋勇说要做饭。她站在锅边，正在搅拌汤。她是不是病了？

正确的剂量

塞缪尔在看什么？我掩饰得很好，他应该不会怀疑。切碎的白蘑菇在我的袋子里。我要把它们扔进锅里，这样我不仅可以带走塞缪尔，还可以带走童子军。我相信大死神会以我为荣。现在的问题是，我不知道要放多少蘑菇，塞缪尔肯定知道……

我好饿，饿到愿意喝弗里达给我做的汤。

“很美味！相信我！”她说。

“或者相信我们！”马穆特向我眨眨眼，指着周围的伙伴。几乎每个人都在埋头吃东西。咂巴嘴的声音此起彼伏，还好没有人死掉。我要吃吗？汤的味道飘进了我的鼻子里，气味比我背包里的麦片棒更诱人。好吧，我伸手去拿碗。但弗里达不愿意给我。

“松手！”

“我在努力松手啊。”

弗里达紧绷着脸，双手像钳子夹住一块木头一样紧紧地抓着碗。她就是这么努力的。她是在愚弄我吗？

“把碗给他！”艾米丽说。但弗里达比我们两个都强壮，碗纹丝不动。

这事把我惹恼了。

“那就别给了吧。”我说罢突然放手，艾米丽也是。弗里达一个踉跄，下一刻，她的T恤上洒满了菜和汤。

“烫，烫，烫！”她喊道。不一会儿，查理就用水给她降了温。

“湿，湿，湿！”她喊道。你真的很难取悦她。突然，有一阵微风吹过。

无法放手

大死神冲我吹了一阵风，问道：“你什么时候才能明白，不可以主动结束人类的生命？”可恶！我的行动明明是秘密的，为什么大死神能看到一切？他为什么对我如此刻薄？无论我多么努力地想放手，我就是做不到。我的皮肤到现在还有灼烧感。投毒是一个愚蠢的想法，但也许迷路行得通？

“喂，夜间徒步，你们都知道规则吧？”马穆特说罢，发给我们每个人一个求生口哨，“每隔两分钟出发一个人，我们在终点会合。谁需要帮助，就吹口哨！”

我不太想晚上一个人在树林里徒步。马穆特注意到了这一点：“朋友，你需要一个搭档吗？”

弗里达想成为我的搭档。但我发现，查理似乎比我还要紧张。

“我们一起走好吗？”我问。

“不，他要一个人走。”艾米丽插嘴说。

“我一个人能走。”查理说。

“但我不行。”我说，“童子军得乐于助人，不是吗？”

查理点点头，微笑着。艾米丽不满地嘟哝着，弗里达也是。

胆小鬼

艾米丽对查理说，你是个胆小鬼。于是我对他说，你知道怎么才能不做个胆小鬼吗？然后，我在地图上给他指了一条夜间徒步的绝佳捷径。

带着手电筒、地图和指南针，查理和我出发了。尽管我觉得我们走得不太对，但还是让他负责带路。

“相信我！”查理说。最近经常听到这句话，我也很想相信他，但现在有点儿不对劲。

我的脚在往下沉。地面越来越潮湿了。我看到月亮倒映在水塘里。

“查理，你确定我们走的路是对的吗？”

查理点点头：“是的，这是条捷径！”

“什么捷径？”我想知道。

“证明我们不是胆小鬼的捷径。”

查理继续前进，而我停了下来。我突然意识到了我们在哪里。“查理，停下！我们正在往沼泽地里走。”

他点了点头：“这就是捷径。别担心，你不会这么快就沉到沼泽地里的。童话故事都是骗人的。”

查理还在一步一步往前走。也许他不是一个胆小鬼，但他是一只看不见狐狸来了的鸡。我该怎么做？沼泽地比我想象的更快地回答了这个问题。

查理尖叫起来，他的一只脚陷了进去。我本能地朝他迈了一步，但这不是一个好主意。在我也陷进去之前，我及时把腿抽了回来。我们得赶紧离开这里！我转过身来，几乎快被吓死了——真正意义上的吓死，因为小死神正站在我的面前。

“弗里达，你在这里干什么？”

无能

查理搞砸了。为什么他走在塞缪尔前面？计划不是这样的，我明确地告诉过他该怎么做。可恶。还是得我亲自出马。童子军真的不适合干害人性命的事。希望其他人不要太早发现他们失踪，这样我才有时间看着查理沉下去。我还有机会带走塞缪尔！

“塞缪尔！救命！”查理喊道，现在他的第二只脚也陷进去了。两个脚踝都陷在了沼泽地里。我急忙回到安全的地面上，从背包里拿出两根绳子。我用第一根绳子将自己固定在一棵树上，把锁扣当作滑轮固定在树枝上，将第二根绳子穿过锁扣，然后把绳子的另一端扔给查理，希望通过这种方式把他从沼泽中拉出来。

“把绳子缠在腰上！”

但当我拉绳子的时候，查理一动不动。沼泽的吸力太强了。

“不管用！”他喊道。

我看向弗里达，吹响了求生口哨。

“帮帮我！”

弗里达饶有兴趣地看着查理。

“弗里达！”我喊道，“我们必须救他！”

但她并没有伸出援手，而是问：“为什么？”

“因为我们不能让任何人死掉！”

“我要死了？”查理的声音传来。我差点儿忘了，查理既看不到也听不到穿着斗篷的弗里达。这样也好，因为弗里达再次问道：“为什么？”

“你不会死的。”我试图让查理的情绪平复下来。

“我不想死。”查理呜咽着说。

弗里达问：“你知道吗？沼泽地里的尸体可以被保存得很好。过去，沼泽是亡者的长眠之地。这里很方便，不用挖坑了。”

我看着查理，他需要冷静下来。我对弗里达说：“查理没死。”

“暂时还没有。”弗里达回答说。她坐在沼泽地前，好像在看戏剧表演。

“查理，别动！否则你会沉得更快！”我告诫他。我又吹了一次口哨。其他人都到哪儿去了？

查理抽泣道：“我不想死。”

他已经陷到臀部了。

弗里达抱怨道：“每次有人死的时候，他们都会哭。”她在说什么风凉话？

“弗里达，你现在得帮我！”我坚定地说。

“不！”弗里达的回答更坚定。

“弗里达！”我大叫道。

“塞缪尔！”查理喊道，“你得帮帮我！弗里达不在这里。”要是他知道弗里达在这里就好了！

我低声对弗里达说：“你不是一直叫我相信你吗？但如果你让查理死了，我还怎么相信你？”

弗里达起初呆呆地看着斗篷，然后叹了口气，站了起来。我们一起努力，把查理从沼泽地里拉了出来。马穆特、艾米丽和松垮衣服天团最终赶到了这里。查理浑身是泥，正满脸泪痕地蹲在那里。弗里达也脱下了斗篷，装傻充愣地问：“这里发生了什么？”

我已经筋疲力尽了。

“你是救了我的英雄！”查理说。马穆特授予我童子军荣誉勋章，大家都对着我鼓掌欢呼，莉斯贝丝和鲁迪看起来非常自豪。但我不是英雄，事情本来可能有不同的结果。英雄和沼泽地的尸体之间，有时只不过一线之隔。

“我们永远欠你一条命，”艾米丽说，“如果你需要帮助，我们随叫随到。”

查理想拥抱我。但我在过去几天里实在冒了太多风险，于是躲开了。查理的眼睛有些湿润，但很快就忍住了。他假装没有看到艾米丽严厉的目光，抱住了弗里达。

安慰

我需要那个拥抱。如果说查理不擅长害人，那么至少他擅长安慰人。塞缪尔还活着，他甚至得到了一枚奖章。真是一团糟！我还把查理从沼泽里救了出来。我希望塞缪尔至少能信任我。等到友谊的桥梁搭建好，我再想一些非常危险的事情。真不敢相信，我居然要花这么长时间才带走第一个人类！毕竟，我想成为有史以来最棒的死神！

第 12 章
托比

终于到家了！

“再见，弗里达！”鲁迪和莉斯贝丝一边说，一边把车上的行李卸下来。

是的，没错。再见，弗里达！现在是时候了。我带她去了拐角处，在这里没人看得见我们。

“我们现在去哪儿？”她想知道。

很简单。“我回家，你从哪儿来的就回哪儿去。”

弗里达没有听进我的话。她把手伸进口袋，拿出了友谊手链。她一直在努力地和我成为朋友。

“弗里达，我希望你可以离开！是时候了！你已经够了解生活了。”

弗里达把友谊手链塞给我。

“从现在开始，我们是朋友了。”她笑着说。

什么？我看着这条手链。她编得多糟糕啊！链子上到处都是洞。我坚定地看着弗里达的眼睛，以防她误解：“我们不是朋友！”

我把链子还给她，她没有接。“但我和你一起救了查理。”她说。

“是的，但也是因为你，查理差点儿丧身沼泽地。”

我把友谊手链扔到她脚边。“你留着它吧。”

弗里达弯下腰，把它捡起来。“你真可恶。”她吸了吸鼻子。如果这里有人有理由哭，那也是我。因为弗里达，我在游乐场上被袭击了；因为弗里达，帐篷差点儿砸到我；因为弗里达，我差点儿在湖里淹死了……弗里达是我生活中唯一的危险分子！“听清楚了。我希望你能离开这里！”

我的身体轻轻一颤。弗里达从我的脖子上扯下了那两个锁扣，然后走了。我的大脑由于震惊静止了一秒钟，之后它才发出指令：快追！逮住弗里达！我开始狂追。我这辈子还从来没这么跑过，速度快得连大脑都跟不上脚步了。

我跟在弗里达后面沿着街跑，然后拐进公园，又沿着大道追。我快追上她了，再有几米就能抓到她了。这时，弗里达从口袋里掏出斗篷，这太不公平了！但没多久斗篷朝我迎面飞来，弗里达的斗篷掉了。我不会让它妨碍我的。最终，弗里达爬上了一棵树，在上面喊：“来啊！来啊！你敢吗？”

我像个傻瓜一样站在树下，抬头看着弗里达。弗里达做了个傻乎乎的鬼脸，手里挥舞着锁扣。只要她不吐口水，我可以等。没有斗篷她是没法隐身的，等她饿了，总会下来。

说时迟那时快，弗里达脚下一滑，摔倒了。她撞击地面的声音听起来沉闷而清晰。弗里达尖叫了一声，就没再说话了。她躺在那里，头下有一摊血，胳膊和腿都扭曲了。我朝她跑过去。现在最好不要碰她，没人知道她摔伤了哪里。虽然对于弗里达来说，这并不重要。小死神是不会死的，不是吗？我轻轻地拍了拍弗里达："站起来！"

弗里达缓缓地转过脸。她说话的声音很小，小到我几乎听不见："帮帮我！当我以凡人出现的时候，我是会死的。"什么?!

有一个想法闪过，我还没来得及思考就已经消失了。如果我现在什么都不做，我就能永远摆脱她！

但是，绝不能眼睁睁地看着一个人死掉，哪怕这个人是弗里达！我刚要把手机拿出来，弗里达就阻止了我，她说："我的斗篷，我需要我的斗篷。"

说完弗里达就不动了。接下来，我得和时间赛跑。我一直往回找，斗篷在哪里？我的眼睛到处搜寻，不放过公园的每一寸土地，每一个蛛丝马迹。

哦，它在那里！它掉在地上，沾满了泥。不仅如此，中间部位还有一块污渍。我在猜那是什么。我没有带消毒喷雾或橡胶手套，但已经来不及去考虑卫生问题了，我伸出了我的手。我想知道如果弗里达死了，大死神会怎么说，他是否还有别的小死神。

斗篷是湿的，带着温度，闻起来和我怀疑的一模一样，是狗尿。我真想把它扔了，但我必须去救弗里达。不过，这件斗篷我可挽救不了了。

报复

塞缪尔对我很刻薄。他说我不是他的朋友，还赶我走。他太过分了，必须受到惩罚！我在树上的时候，看到一只狗在我的斗篷上撒尿。这就是塞缪尔现在应得的——一只沾满狗尿的手。嘻嘻。

我目瞪口呆地看着眼前安然无恙的弗里达。她正在给扭曲的手臂复位，头上的伤口比我记忆中的要小。她咧嘴一笑，从我手中接过斗篷：“谢谢你帮我拿回斗篷！”在弗里达的手中，它又变得像新的一样。真是难以置信！

“我明白了，你根本不会死。”

弗里达摇摇头，朝我笑了笑。

“可是很疼。我现在也知道断臂是什么感觉了。”

她欺骗了我。我感到浑身冰凉！

“生命对你来说只是一个笑话，是吗？”我对她吼道，并将我那只沾满狗尿的手甩到了她的脸上，“对人类来说，我们只有一次生命！”

弗里达怔住了。她会反击吗？我不在乎。我受够了，受够了她和这个世界上的一切。泪水顺着我的脸颊流了下来。

道歉

塞缪尔哭了。我想不仅仅是因为那只沾满狗尿的手。我对他也很刻薄。大死神说，如果人们反思他们在一生中做错的事，就不会带着沉重的心情死去。我以前不明白，不想明白也很难明白，但现在我明白了：内疚感压在心里，把心压垮了。不过，我知道该怎么做了。我必须道歉。一切都会好起来的。

“对不起！”弗里达说。这个道歉听起来很认真，但我还是无法原谅她。她和我一起坐在草地上，想找点儿话说，但显然不知道说什么。

过了一会儿，她问：“为了救我，你好不容易拿来了我的斗篷。你现在还想让我消失吗？”

我深呼了一口气，没有马上回答。弗里达误会了，她轻松地笑着说：“那你是我的朋友吗？”

不，当然不是。我想说清楚一件事：“我救你只是因为我不想你死，并不意味着我是你的朋友。”

弗里达的笑容消失了，她的嘴唇在颤抖，鼻子也在抽动，眼泪马上就要夺眶而出。“真遗憾，”她叹了口气，“你知道的，我还从来没有交过朋友。”

突然，我有点儿为弗里达感到难过。我知道，这种想法简直是疯了。但我理解，没有朋友的生活非常孤独。

弗里达把锁扣还给我。我用绳子重新打上结，然后把它挂回脖子上。

“托比为什么把它送给你？”弗里达想知道。

“你怎么知道托比？”我马上就想到了答案，“他死的时候你也在场，对吗？”

弗里达点点头：“当时你也差点儿死掉。”

我需要一点儿时间来消化。那是我一生中最糟糕的一天。第二糟糕的也是那一天。当时弗里达也在场，所以她才知道托比的事，所以她才知道锁扣的事。

“给你！”托比当时说，“答应我，没有我你也要继续活下去！”

“我做不到。”我回答，但托比的锁扣已经放在了我手里。

“不，你可以的！”托比很确定。直到今天，他都不知道自己错了。

“托比为什么给你锁扣？”弗里达又问。

我抽泣着说：“因为我答应过他要去登山。”

然后我就告诉了她我和托比的事。我滔滔不绝地说起来：

托比和我从小就认识。多年以来，我们在医院共用一个房间。我们最喜欢的地方是窗户。透过窗户，我们一起看远处的山，一看就是几个小时。我们发誓，总有一天要爬上去。因为没有什么地方能比在山上让人感觉更有活力，更自由了，鲁迪也总是这么说。我们需要感觉自己活着，想感受自由，最重要的是没有疾病。

鲁迪给我们的所有关于山的书，我和托比都读过。

每本至少读了三遍，大部分读过三遍以上。在医院里，我们有的是时间。我们练习打攀岩绳结，了解云层结构，阅读等高线地形图。我们知道一切理论上的知识。托比和我想为登山旅行做好准备，但是一起登山的日子最终没有来，来的只有死神。

我们共同的梦想破灭了，只剩几本书、我的攀岩绳结和我们送给彼此的锁扣。托比给我绿色的，我给他红色的。锁扣每天都提醒着我曾经的约定，我不敢上山，尤其是在没有托比的情况下。所以，我对弗里达说："没有托比，我去不了。"

不出所料，她误会了。

"那你就跟我一起去吧！"

一个新的机会

是啊，登山太危险了：山体滑坡、天气变化、野生动物……塞缪尔说可能会发生很多事情，但这对我来说正中下怀。终于，我通过考试的大好机会来了！

和弗里达一起，我们只能去我家，一起去登山是绝对不行的！

“如果我和托比一样成为你的好朋友呢？”她问道，递给我友谊手链。

“手链并不能让我们成为朋友。”

弗里达很吃惊：“那么朋友之间互相信任也不是真的吗？”

“那个是真的！”在这一点上，我让她放心，“信任是最重要的，但这是慢慢建立起来的，是随着时间的推移，通过行动建立起来的。”

弗里达似乎没有这个耐心，她毫不犹豫地跑开了。附近一对夫妇在野餐，她偷了他们的瓶装水。“冲掉狗尿吧！”她说。

“谢谢！但这还不意味着我们是朋友。”

“那不久的将来呢？”

为了让弗里达放弃，我说：“也许吧。”

“就像你和托比那样？”

“我觉得不会。”

“你说得对。我们可以成为更好的朋友！因为托比相信你能去登山，而你却没去。”

呸！弗里达知道什么！“登山需要好好准备。比如训练肌肉和耐力，挑选合适的装备，还要练习攀岩。”

这些对弗里达来说都不是问题。“我们可以马上开始学习攀岩。”她指着游乐场边上的攀岩墙。有两个孩子在那里，一个攀爬，另一个在下面守着。他们两个是朋友，就像曾经的托比和我。

哦，那个承诺！它啃食、折磨、挤压着我，就像一只越来越小的鞋子。如果我和托比互换一下，处在这种境遇的是托比，他一定会做得更好吧？既然他答应我去登山，他一定早就登了不下十次了。托比比我勇敢多了。四岁的时候，为了让父母允许他学骑自行车，他吵闹了三个星期，喊得嗓子都哑了，我给他喝了止咳药才康复。

托比不仅比我勇敢，还比我坚强。我暗暗佩服他。这种佩服一直持续到他去世的那一天。那天，医生说他情况稳定，可以回家为他妹妹庆生。只不过他需要像往常一样小心谨慎。但疾病防不胜防，托比回到医院的时候已经感冒了。他最终死于肺炎。从那时起，我就变成一个人了。

“现在你不再是一个人了！”弗里达说，“我们一起去登山。相信我！”

我盯着她看了一会儿，脑海中突然有了一个想法。

我拿起手机，开始拨号。

“你给谁打电话？”

我什么也没说，等待着另一端响起人声。然后他们接了电话。

“你好！”趁我的勇气还在，我问了一个问题：“你们想去登山吗？”

第 13 章 只差一步了

我觉得弗里达不想和艾米丽还有查理一起去。“他们也是你的朋友吗？”

她没有等我回答，而是不怀好意地对艾米丽说：“你没法攀岩。”

“哦，为什么不能？”

“你残疾了。”

查理马上躲了起来，我也是。对峙没有持续太久，艾米丽踢了弗里达一脚。这一脚结结实实地踢在了弗里达的胫骨上。弗里达尖叫着，一瘸一拐的。艾米丽大声喊道：“现在谁才是残疾人？”

在最后一刻，我阻止了弗里达反击艾米丽。“如果你想做我的朋友，就别这样做！”

弗里达发着牢骚，收起了准备扔向艾米丽的石头。我希望她们两个人能够和好。因为登山的时候，我们必须百分之百地信赖和依靠对方。而且，登山运动要求我们有个强健的身体。我花了半个晚上的时间制订训练计划。我建议，接下来的训练采用有氧健身训练结合最大限度的力量训练。

艾米丽说：“好吧，好吧……我可以！”

弗里达说：“不，不……我能做得更好！”

我的训练计划就这样开始了。

艾米丽真蠢

艾米丽为什么也要登山？可能是因为塞缪尔不敢单独和我待在一起。可恶！我不明白为什么。真可恶！我会让他知道，他能信任我，我会成为他最好的朋友！比托比还要好的朋友，比艾米丽好得多的朋友！

弗里达的胡闹对训练丝毫没有帮助。

“你们为什么不跟着我做力……力量训练呢？”

在训练方面，艾米丽懂得更多。

“往下一点儿！再往下一点儿！再下一点儿！”这太难了。艾米丽说一不二，是一个无情的教练。

“我才八岁。”查理哀叹道。艾米丽对这些琐碎的细节不感兴趣。从现在开始，她每天都会带着我们在公园里做俯卧撑、深蹲、引体向上、短跑和长距离慢跑。“杀不死你的，终将使你变得更强大！”

肌肉酸痛

塞缪尔说我在抱怨。根本没有，我只是希望莉斯贝丝能来。她会因为同情我给我买冰激凌吃。塞缪尔说，如果我总吃冰激凌，就会长脂肪，而不长肌肉。我不介意。我可以成为相扑手，把艾米丽打得屁滚尿流。

“你想让我帮你揍艾米丽吗？”弗里达每天都在问我。她真的是我能找到的最好的保镖，没有任何危险能逃过她的眼睛。在我做俯卧撑之前，她在草地上巡视，避免我压到狗屎。她把草地上所有乱扔的糖果包装纸都移开了。公园里的飞盘运动员们可遭殃了。如果他们拿着飞盘离我太近，我就知道他们很快就得去找飞盘了。如果有足球压着我们的头顶飞过，那么下一刻，这球肯定会被戳一个洞。为了我，弗里达会去阻拦最高大的足球运动员，因为她已经从艾米丽那里学会了如何踢别人的小腿。我想，她会为了我们的友谊去做任何事情。在家里，我也很难从这段友谊中抽出身来。我很庆幸自己仍然可以单独上厕所。但如果时间超过三分钟，就会有敲门声。如果时间超过五分钟，弗里达就会借助她的斗篷穿过上锁的门对我说："我想你可能需要帮助。"

弗里达真的很努力。在她的能力范围内，她帮助我整理房间，不偷吃我面包上的最后一片奶酪，时不时地还会洗个澡。"因为是你。"她说。当她的朋友能得到的最大的荣誉就是和她分享可可。"你想喝我的可可吗？"当我说"不"的时候，她明显松了一口气。当我说"不，你不能打艾米丽"时，她的脸色就不那么好看了。也许我应该再和她谈谈她的攻击性。

为友谊做出牺牲

塞缪尔说，暴力不是解决问题的办法。我不明白。人们说，你必须为友谊做出牺牲。

不过，弗里达并不能帮我消灭一切危险。每一次肌肉的酸痛都提醒着我，危险在靠近。因为我们的身体越好，就越接近去攀岩的日子。每个人都在期待着这一天，唯独我不期待。

“别担心！”鲁迪说，“我会教你的。”但我并不觉得安心。我保持微笑，不想打击队伍的士气，也不想让鲁迪失望。自从我告诉他登山的事后，他就再也没有和我谈过别的事。我从没见过他这么开心。“啊，我记得你和托比当时有多激动。”

我点点头，再次挤出笑容，但我笑得很勉强。鲁迪注意到后说：“我很抱歉。我知道你和托比……”他没有再说下去。他看着我，然后指着打开的地图说：“最好的方法是铁索攀岩。”

我很高兴鲁迪能陪着我们，这一点鲁迪很清楚。“铁索攀岩的优点是在岩石上有钢丝绳，甚至有由金属支架制成的台阶。有点儿像梯子。”他解释道。

“太棒了！那我就不用在攀岩墙上练习了。”我很高兴。

“我们选择难度等级 C 的线路，它是一条垂直的通道。”鲁迪说，并向我展示了地图上陡峭的通道。

“让我看看！”弗里达请求道，并挤到了中间。巧克力冰激凌滴到了地图上，陡峭通道上沾上了污渍，它突然变得不那么陡峭了。

不幸的是，铁索攀岩不适用于真正的攀岩墙。当然，真正的攀岩墙对艾米丽和弗里达来说不是问题。即使是查理，在三次尝试后也征服了它。“不错！”连艾米丽都称赞了查理。为此，查理咧嘴笑了一整天。

我是唯一一个还没有上去过的人。现在我必须得上攀岩墙，不管我是否愿意，虽然其他人希望我愿意。

“你能做到的！”查理喊道。

“快上！”艾米丽说。

“我会保护你的，塞米！”弗里达大声叫道。

鲁迪帮我绑好了安全带。

那我还能有什么别的选择呢？我走到墙边，抬头看了看。攀岩墙有十二米高——太高了！当然，与山比起来还是很矮的。但是从这个高度摔下来，足以让骨头碎掉，把器官摔坏，让脑浆迸出来了。58% 的坠落是由防护不当造成的。当这个想法从我的脑海中闪过时，我就更想退后一步了。

“我不会让你摔下来的！”弗里达说，“你可以相信我！”

我要把安全带脱了，我怎么会想要去登山？让其他人去爬吧，我在下面等他们。

“塞米，在你爬上去之前，我们是不会去登山的！”鲁迪说。好吧，我又站到了攀岩墙前。我盯着它看了二十分钟。它并没有变小，而我脑海中的一个想法却变得更大了：如果说58%的坠落是由于防护不当导致的，那么还有42%的坠落则是攀登者自己的失误。我要抓狂了。此时，弗里达和艾米丽正在我身后争论谁来保护我。

“弗里达，今天轮到艾米丽了。”我说。

失望

塞缪尔为什么要艾米丽来保护他？他还是不信任我吗？如果他不让我保护他，我怎么向他证明他可以信任我？可恶！

弗里达没必要难过。对我来说，没有什么可保护的。我要选一条线路登顶，就这样决定了。一想到要往上爬，我就心跳加速。心脏的健康对我来说非常重要，这就是为什么我一次又一次地停下来。

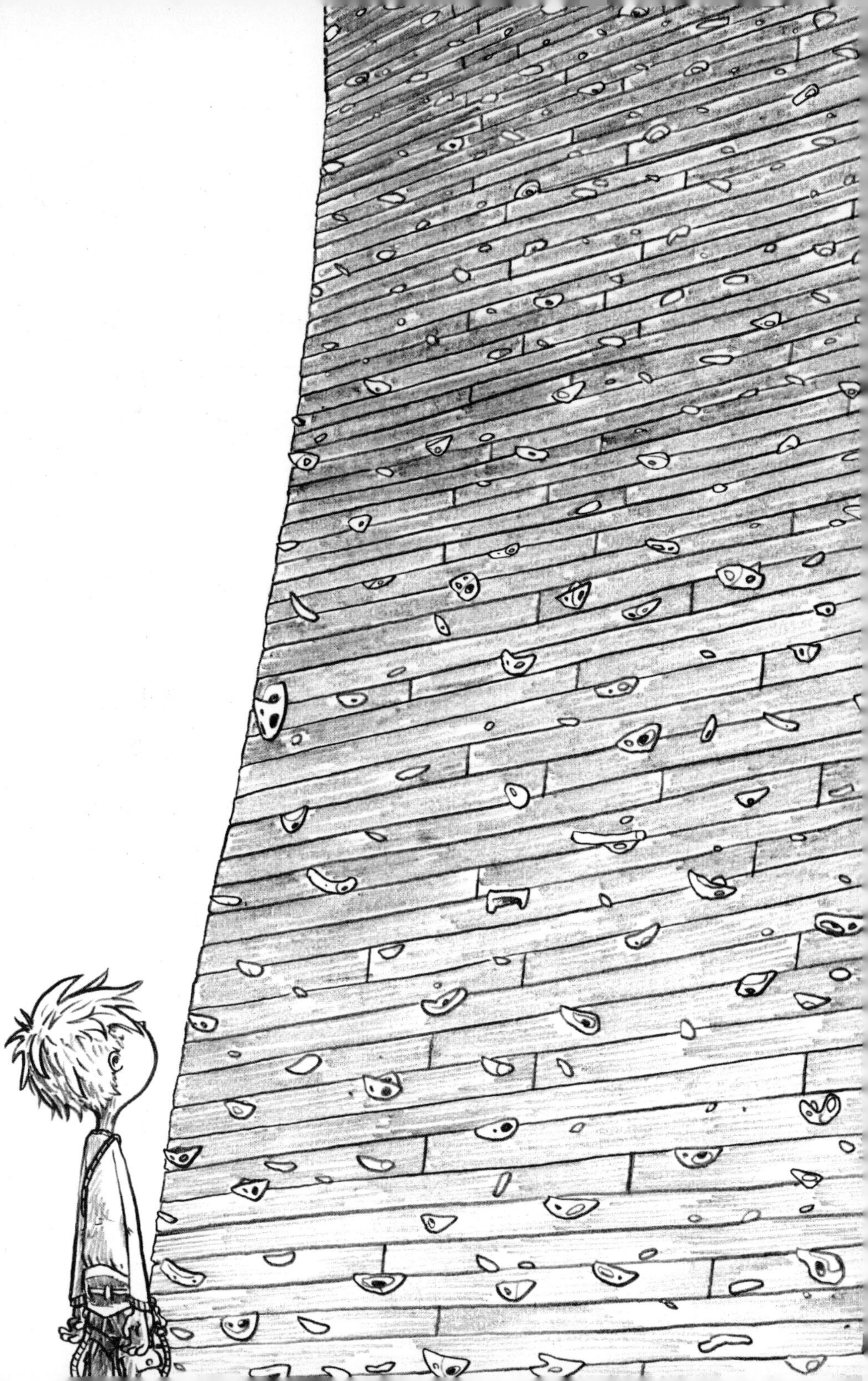

为友谊服务

塞缪尔说，和朋友在一起时，你不可能总是只做自己想做的事情，也得为你的朋友做一些事情。这就是所谓的“为友谊服务”。我也要为友谊服务，事实上，我的确想保证塞缪尔的安全。为了塞缪尔，我还做了一些别的事情。

“塞缪尔！塞缪尔！再走一步就到了，剩下的距离不多了。”

我转过头来，露出了今天的第一个笑容。弗里达站在下面。她穿着啦啦队的衣服，挥舞着手里的花球。舞蹈编排得很到位，但是口号错了，因为我还差很多步。查理并不关心这个，他也加入了进来。“塞缪尔！塞缪尔！还差一步，还差一步你就到了！”

我不想让他们失望，所以我再往上爬了一点儿。

查理睡着了。弗里达声音嘶哑。花球也垂了下来，就像艾米丽的五官一样。“塞缪尔，过来！”就像我逃不掉弗里达一样，我也躲不开艾米丽。此时，她正停在我旁边。我等着她说教，但她出乎意料地说了一句：“我知道害怕是什么滋味。”

谁能相信这话是艾米丽说的呢？

“按照医生的判断，我只有5%的概率能活下来，只有5%……然后我的腿就被锯掉了。”她说。我不知道这个故事是否能让我安心。艾米丽继续说道：“但现在我站在这里。100%地活着。”

好吧，虽然活着，但失去了小腿。

“塞缪尔，你不能让恐惧控制你。”

我点了点头。我同意。“但我该怎么办？”

艾米丽靠得更近了。我感觉下一秒她就会把我踢上去。但她没有，她只是把手搭在我的肩膀上。

“好了！别再害怕了！”她说，“别再去想会发生什么。只想着下一步要做什么。别胡思乱想。专注在下一步，你就能往前走。很简单！”

“塞缪尔！塞缪尔！只差一步，没多少了！”弗里达重新调整了口号，并降低了两个音调。查理也被惊醒了。他望着我，就像艾米丽一样。

好吧，好吧。我会试试的。我不想让任何人说我没试过就放弃了。我踩到了第一个岩点。然后我抬起头，看到了下一个岩点——这是我下一步要做的。很简单。

右臂定住，左手抓住上面的岩点，右腿也在寻找一个新的支撑点，然后左腿往下蹬。手臂拉动，腿部用力，我在攀岩墙上又前进了一步。这很容易！下面有人在鼓掌。

“塞缪尔！塞缪尔！”真应该给弗里达拿点儿热茶来！

也许还有六米，还有六米我就成功了。但是，大脑告诉我：如果你上面有六米，那么你的下面也有六米。我情不自禁地回头看了一眼。这真是一个错误的决定！我害怕得心都要跳出来了，胳膊和腿都无法动弹。我僵在了那里。

“塞缪尔，放手！”艾米丽喊道。

你以为我不想放手吗？

“塞缪尔，松手吧！”她重复道，“我向你保证，我拉得住你！”

“我也可以接住你！”弗里达喊道。

我用余光看到弗里达把花球扔开了。她就在我下面，张开双臂，期待地看着我。

我相信弗里达会来接我的，但不相信她能接住我。

如果我摔倒在她身上，她就会被压扁，我也会完蛋。不同的是，她还可以站起来，我却没有机会了。

“塞缪尔，松手！相信我！”艾米丽又说了一遍。

“不，你应该相信我！”弗里达的声音盖过了艾米丽的。

我松开手，在空中晃来晃去。最后，我慢慢悠悠地倒在了地上，什么都没发生。我站了起来。我的腿在颤抖，手臂也在颤抖。艾米丽拥抱了我，说：“干得好！”

嫉妒

查理说我不应该嫉妒。不知道他是什么意思。我没有嫉妒。

他问我是不是恋爱了。当然没有。

查理说，他听说爱情是最美好的东西，比友谊要美好得多。我不这么认为。但我得试试！

弗里达是怎么了。真不知道她是怎么想的，为什么突然跑过来亲我？

我推开了弗里达，但今天我会补偿她的。弗里达拿出了她的花球。我把安全绳递给她：“这次换你来保护我！”

爱

我试过了，爱情不适合我。我照查理说的，把嘴唇噘起来，压在塞缪尔的嘴巴上。但他推开了我，现在我的膝盖在流血。幸好，我知道急救箱里的恐龙创可贴在哪里。

弗里达的脸上又阳光灿烂了。她向我冲来，哦，不！

“你相信我了吗？”她问。我点点头，弗里达抓住了安全绳。

最后一下。右手向上伸，左脚往下蹬。右腿已经就位，现在左手出击，往上攀爬。我终于抵达攀岩墙的最后一个岩点了，一切都结束了。我成功了！

艾米丽、弗里达和查理在下面欢呼，我在攀岩墙上无比开心。托比，我们的梦想即将成真了，我们就要去登山了！

弗里达保证了我的安全。在整个攀登的过程中，我一刻都没有担心会掉下来。我说过，她是我能找到的最好的保镖。回到地面后，我拥抱了弗里达。这让她有些困惑："我现在是你的朋友了吗？"

我看着她说："早就是了。"

第 14 章
真正的友谊

幸福

塞缪尔是我的朋友。我最好的朋友！

他每天早上都会问我睡得好不好。虽然我还是不明白睡觉是怎么回事，但因为睡在塞缪尔旁边，我每次都会说“非常好”。

塞缪尔也总是及时提醒鲁迪和莉斯贝丝买新的可可。因为没有可可的一天是不美好的。为了不让我的可可配给受到影响，他承认是他弄断了莉斯贝丝的珍珠项链。我事先不知道，不能把项链戴在腰上。

塞缪尔想给我的考试帮些忙。他真是太好了，但他只有死去才能帮到我。塞缪尔仍然相信大死神对我的考试是了解生活，所以他问我生活中还有什么需要了解的，比如大海？

或者牙医？爱情？但他也直说了，他真的不适合帮我了解爱情，因为我还太小。我不明白他的意思。反正我已经了解过爱情了，这就是为什么我对他的一切提议都立马说：“不，谢谢！我只想去登山。”其实，我也想去看牙医，我想找个时间试试牙钻……

再过几天就是登山的日子，我已经迫不及待了。我给鲁迪看了我在攀岩墙上的照片。莉斯贝丝非常激动，我相信她会慢慢习惯的。我把照片打印出来，挂在床头。弗里达在照片底部加上了自己，她说是她保障了我的安全，尽管现在这张照片看起来更像是她想把我从墙上拖下来。几周前，我还觉得她会这么做，而现在我却无法想象没有她的日子。

“你还会在这里待多久呢？”

弗里达差点儿被她的“睡前可可”噎住。她吃惊地说：“你想让我走吗？”

我摇摇头，从床头柜的抽屉里拿出一条友谊手链递给她。弗里达开心极了，整个人都像在发光。对于一些激动人心的事情，你需要在厕所里待上五分钟以上才能消化。

弗里达欢呼起来，我把手链系在了她的手腕上。

“那我的呢？”我笑着说。

弗里达害羞地从她的单肩包里掏了出来。

“我的没那么漂亮。”

“是你编的就行。”

她把手链系在我的手腕上。

“永远的朋友！”我说。

“永远的朋友！”弗里达眼里闪着光。

我的眼睛不禁湿润了。弗里达吓了一跳：“太紧了吗？”她以为是友谊手链的原因。

我摇了摇头：“我只是在想托比。”然后，我问了一个很久之前就想问弗里达的问题：“人死后还有生命吗？”

弗里达的答案脱口而出：“无论如何，在死之前是有一次生命的。”然后，她喝了一口可可，将她刚刚表露出的智慧一并吞了下去。

“弗里达，之后呢？”

她没有忽视我的追问，做出沉思的样子。她喝着最后剩下的一点儿可可，然后说道：“大死神总说生命是一个永恒的循环。没有开始，也没有结束。”

我盯着弗里达留在我床头柜上的可可杯印——一个圆圈——没有开始，也没有结束。这就意味着没有任何东西或任何人会在这个圈里消失，对吗？

“也许托比还在某个地方？”我竭力去想。

“当然。你们把他埋在哪里了？”

弗里达真的需要提升她的敏感度。我向她解释："有时候我觉得托比还在看着我，我相信真正的友谊可以超越死亡。"

"真正的友谊？"弗里达睁大眼睛，十分不解。

我点点头说："就是百分之百地信任对方，没有谎言和秘密，就像我和托比……就像我们一样。"

弗里达垂下了头，紧张地摆弄着她的友谊手链。

"如果我有秘密呢，我就不再是你的朋友了吗？"

弗里达几乎不敢看我的眼睛。

"这完全取决于是什么样的秘密。"我微笑着鼓励她继续说。弗里达越来越紧张了。最后我只好说："来吧，说出来！没那么糟糕。"

很糟糕。没有比这更糟糕的了！比我能想象到的最糟糕的情况还要糟糕。这是我一生中被告知的最糟糕的事情："如果你的时间到了，我必须用带走你来证明终有一天我也可以成为大死神。"

这句话还在我耳边回荡，在我的脑海里回荡。弗里达继续摆弄她的友谊手链。她把它抻得越来越长，就像我的记忆一样。我仍然清楚地记得弗里达的说辞——为了通过考试，她必须尽可能多地了解人类的生活。谎言，谎言，都是谎言！我还傻到支持她。真的支持她我就得死去。“我才是你的考题。”现在我知道了。

弗里达点点头。突然，我明白了一切：为什么弗里达想和我一起出去，为什么她急于登山，为什么她急于做我的朋友。

“我应该相信你，这样你就可以在背后要了我的命！”

“不是的，我只会把你带走。”弗里达轻声说。

“那是一回事！”我喊道。

弗里达再也不敢摇头了。友谊手链的第一根线断了。

“你骗了我！”

“对不起。”

我也感到很抱歉。我走到书桌前，拿起一把剪刀，把我的友谊手链剪成两半。不仅仅是两半，我要把它剪得稀碎。

我把友谊手链的残渣扔到弗里达的脚边。那一刻，她的手链也完全断裂了。她把它拉到了极限。我冲出了房间，留下弗里达坐在角落里哭泣，但这已经和我无关。

孤独

塞缪尔不想再做我的朋友了。这不可能！如果成为朋友需要时间和行动，那么友谊也没道理戛然而止。我的泪水打湿了枕头，也打湿了泰迪熊。塞缪尔没有回来。我只能紧紧抱住泰迪熊。它不说话，但至少它没有抛下我。

第 15 章
如果可以，希望你消失！

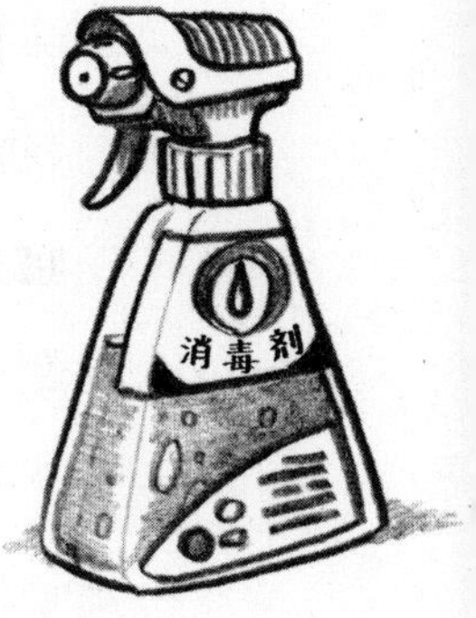

没门儿！弗里达只是在等待我犯错，而我是不会给她一点儿机会的。即使是轻微的感冒也会要了我的命，因为它可能变成心肌炎，然后发展成心力衰竭。死亡的威胁无处不在。比如这些拖鞋，它们看似漫不经心地摆在那里，一旦我被它们绊倒，就会摔断脖子，一命呜呼。死亡来得很快，迅雷不及掩耳。

她躺在我的床上，如此平静，如此无辜，把所有的纸巾都打湿了。但她骗不了我。她伤心并不是因为我不再是她的朋友了，是因为我看穿了她。她得不到我！她是因为得不到我的尸体而伤心。

我的防护服还在衣柜里。我要重新全副武装，再也不会把它脱下来了。噗——噗！

万幸的是，过去几年里，莉斯贝丝一直在储备消毒喷雾。我估计这些存量还可以连续用上几个星期。噗——噗！好吧，也许只是几天。

我最近真是太忽视卫生了。这种事再也不会发生在我身上了！我还有很多事情要做。噗——噗！

睡觉没那么重要，死了可以睡个够。

我睡着了。这一定不是真的。

“早上好！”弗里达说。

我躺在床上。我怎么会在这里？

“你比看起来重多了。”说着，她把一个托盘放在我面前。弗里达做了早餐，有麦片、三明治和一杯可可。显然，这杯可可被喝过了。

“我只是想尝尝看好不好喝。”

弗里达把杯子递给我，我把它推开。

“我绝对不会让自己被毒死！”

时间不多了，我得快点儿。我得在莉斯贝丝和鲁迪回来之前把一切都准备好。走廊地板上的防水布已经就位。天花板上还缺两张，墙壁上的铝箔也没铺好。我必须爬上梯子去做这些事。这将是所有项目中最危险的部分，因为每年几乎都有一万人死于家庭事故。由于害怕，我的脸在不断地冒汗，但至少我戴好了头盔。弗里达拍拍手说："我可以帮你。"

我肯定她只是想把梯子推倒："走开！"

弗里达点点头说："我明白。你现在很生气，我尊重你的愤怒。"

嗯？弗里达走开了。她难道看了莉斯贝丝的《关系指南》吗？

原谅

莉斯贝丝的《关系指南》上说，原谅始于相互理解。我已经理解塞缪尔了，我希望他也能理解我。书上说，你不能施加压力，必须保持耐心。我很有耐心，我可以等待，直到他原谅我。因为时间能治愈所有的创伤。如果时间过得快点儿，塞缪尔很快就会再次成为我的朋友。

我在走廊上建了一个消毒室，准确地说，是一个消毒通道。两块布满消毒剂的防水布从天花板上垂下来，将走廊分为三部分。第一部分从前门开始。这部分空间完全被铝箔覆盖住了，从地板、墙壁一直到天花板。第二部分悬挂着消毒喷淋器。在这里，每个来访者都要进行消毒。只有那些没有细菌的人才能继续前进，穿过第二块防水布，进入走廊的第三部分，并从那里进入公寓的其他地方。

“这是怎么回事？”鲁迪回家后问道。

隔着防水布，他和莉斯贝丝看不到我。当然，也不需要看到我，因为他们可以听到我的指示：“脱掉你们的衣服，把它们放进塑料袋里！”

我没有听他们的反应，于是重复道：“脱掉你们的衣服，把它们放进塑料袋里！”

还是没有脱衣服的声音。

“塞米，你在干什么？”莉斯贝丝问，“你想让我们穿着内衣穿过走廊吗？”

莉斯贝丝快要明白我的意思了。

“光着身子会更好。你们必须在消毒通道中间消毒。”

还是没有脱衣服的沙沙声。相反，有防水布的噼啪声。他们在干吗？

我有不好的预感。“别动！”我喊道。

但噼啪声仍在持续，脚步声也越来越近。我的消毒喷淋器根本就没派上用场。现在情况越来越不妙了，还好我的腰带上备着两瓶消毒喷雾。我说过的，再也不会卸下武装了。我打开瓶子，鲁迪涨红的脸出现在我面前。不许靠近！我向他喷了消毒喷雾。

疯了

塞缪尔快疯了。我迅速穿上斗篷溜走了。我可不想让鲁迪和莉斯贝丝认为此事与我有关。塞缪尔像个疯子一样打扫公寓。我知道疯子是什么样子的。有一次高速公路上有一个人死了，大死神说，这些人在疯狂地赛车。塞缪尔在公寓里跑来跑去，只有吃饭的时候坐着。鲁迪和莉斯贝丝吃意大利面，他却吃用微波炉热好的沙拉。因为他觉得这是保持无菌的唯一方法。他真是疯了！

“你怎么了，亲爱的？”莉斯贝丝走进房间和我道晚安时问道。我没法回答她。我该怎么说？说小死神坐在角落里等着我犯致命的错误？这肯定不是她能理解的答案。于是我放下头盔上的面罩，什么也没说。

“你至少把头盔摘下来吧？”她问。我穿着防护服，戴着头盔，但我不会摘的。莉斯贝丝用怜悯的眼神看着我。她知道我讨厌被强迫。

“亲爱的，你知道，我们永远都在你身边。”

她向我靠近，我猜她想抱我。如果她想留在我身边，最好和我保持距离。我听到她打了个喷嚏，就把她推开了。

莉斯贝丝哭了，我感到很内疚。如果我死了，她肯定会哭得更厉害。刚才吃晚餐时，我告诉鲁迪不去登山的决定，他也差点儿哭了。我再也不去登山了！如果无时无刻不在想着自己会如何死去，我又该怎么好好地活下去呢？

我的父母不理解我。早餐前，鲁迪取下了走廊里的消毒喷淋器。当他把最后一块防水布扔进垃圾袋时，他被我抓了个正着。我朝他冲过去：“你疯了！”

鲁迪抱住我，他的手碰到了我的手。他不能这么做！我跑了，半道摔了一跤。我跑进洗手间，用肥皂和刷子使劲搓手。不知道什么时候水变红了。

林德夫人来了。鲁迪和莉斯贝丝想让我和她谈谈。算了吧！我是不会让她进我房间的！

“您是一个潜在的疾病来源。”我解释说。林德夫人不希望我把她拒之门外，她说：“当面谈效果要好得多。”

“我本人不想和您有任何关系！”我回答。林德夫人沉默了一会儿，她可能感到被冒犯了，但并不打算放弃。

“马克斯医生告诉我，你上次检查的时候一切都很好。”

她说得没错。“我希望保持这种状态。”

“塞缪尔，我只是想帮你。”她继续说道。

她能做什么？没人能帮我。“如果您能离开，就是帮了我最大的忙了！”或者也许可以……“您跟马克斯医生谈谈！让他把我送到医院的隔离病房。可惜他不听我的。”

林德夫人承诺：“我会看看我能做些什么。”

我不相信她。因为最糟糕的情况是，这里没有人真正了解情况的严重性。等到我死了，一切就太晚了。

我打开门，发现林德夫人已经走了。我可以开始我的消毒工作了。首先喷一下门把手、锁眼……一双袜子打在我的后脑勺上。我转过身来，弗里达又脱下斗篷了。“别折腾了！”她说。

我什么都没说，继续我的工作。一支钢笔向我飞来，接着是一场钢笔雨。“嘿，我在跟你说话！”

“但是我不想和你说话！”一切都被我的头盔和防护服弹开了，“你快离开这里！”

为了让弗里达彻底明白这一点，我要扔出一本我能找到的最厚的书。弗里达躲起来了。“这么做没有用。”

“哦，是吗？为什么没有用呢？”

“我不会伤害你的。”弗里达说。

我又扔了一本书，但再次失手了。“当然，你只是来带走我的。”

弗里达点了点头。如此自然，太自然了。现在是时候告诉她真相了：“你知道吗，死亡是世界上最无用的东西，你是世界上最无用的人！”

弗里达吸了吸鼻子：“我是你的朋友。”

我的朋友，你在开玩笑吗？她还是没搞清状况。“我恨你！”我对她大喊，“我们都恨你。如果可以，我希望你消失！”

“塞缪尔！”突然有人从后面喊道，鲁迪和莉斯贝丝站在门口。弗里达哭着投入他们的怀抱。

绝望

莉斯贝丝和鲁迪让我回家，说等塞缪尔感觉好些时，他会和我联系的。他们给了我一个大大的拥抱，然后关上了公寓的门。我应该去哪里呢？我回到了公寓，没有去找塞缪尔。他很刻薄，他什么时候能原谅我？我在走廊上等待。莉斯贝丝和鲁迪过来了。莉斯贝丝哭了，鲁迪也红着眼圈。我想再抱抱他们……我问大死神，我能不能带走其他人，而不是塞缪尔。他问我是不是想成为真正的死神。当然，我说。然后我就听到了塞缪尔的尖叫声。

第 16 章
直到死亡将我们分开

“莉斯贝丝！”

我不知道自己怎么了，鼻血滴到了枕头上，这肯定不是什么好事。我手上冒出了湿疹，鲁迪和莉斯贝丝也不知道怎么回事。我们火速前往医院。

我不想死！

血液测试会让事情变得明了。

“塞缪尔，你的身体在排斥干细胞，”马克斯医生说，“我们得再做一次移植。”

“什么？”莉斯贝丝抽泣着，鲁迪抱着她。

“为什么？”我问，“我很小心，也一直在吃药。”

马克斯医生同情地看着我：“有些事情我们也无法掌控。”

我不想死！

透过门窗，我看到了小死神弗里达。我知道她肯定在等待，等着把我带走。这对她来说是个大好的机会！我的免疫系统功能下降了，防御墙已经消失了，或者说被毁掉了。新的干细胞正通过接入我脖子的输液管从点滴袋运到我身体里来。如果一切顺利，它们将重建防御墙。如果进展不顺利，那么弗里达就会来。

弗里达来了，我看得很清楚。她正准备进来，她想把我带走，但我不会让她得逞的！没门儿！我大声尖叫，

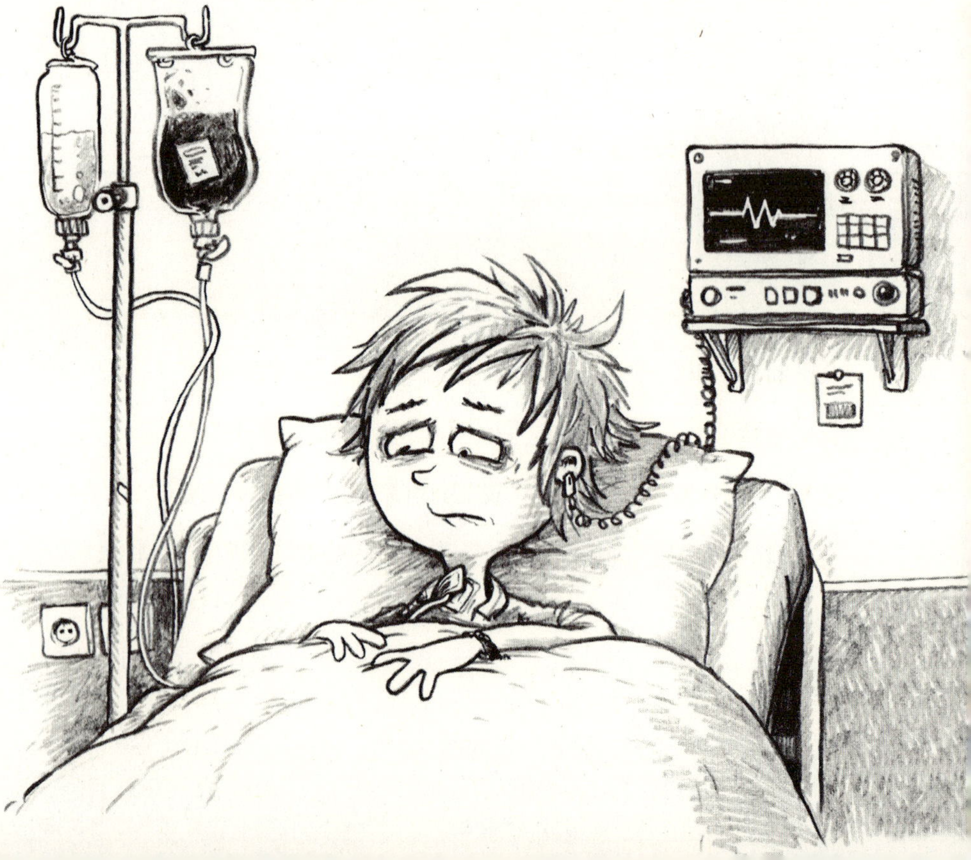

我在为我的生命尖叫。弗里达没有进来，进来的是莉斯贝丝和一个护士。我一把抓住莉斯贝丝。她哭了，我也是。弗里达走了。我又一次得救了。我不想死！

对死亡的恐惧

我知道，塞缪尔很害怕。现在情况更糟，塞缪尔害怕我！究竟为什么呢？作为他的朋友，我只是想问候一下他。他的身体里插着那么多管子，他是那么孤独。我知道孤独是什么滋味。可怜的塞缪尔！

我想告诉他不要害怕我。我不会把他从梯子上踢下来，也不会再向他扔笔，而且我也不会因为他对我不好而生气。我早就原谅了他，因为我是他的朋友，永远都是他的朋友，即使他不再想做我的朋友。

成功了！马克斯医生说我已经度过了最危险的阶段。艾达把我从移植病房推回以前的房间。这里什么都没有改变。艾达把床停在了我熟悉的地方。她对我十分体贴，甚至为我拉上了窗帘。

“顺便说一句，你有访客。”艾达咧开嘴笑了，补充说，“是一个女孩。”她脸上的笑容越发灿烂了。

我想回以微笑，但我身上的每一块肌肉都僵住了。哦，不！弗里达！

“我想她叫艾米丽。”

我的震惊化为微笑。

“我才做完移植手术没多久，能见访客吗？”

艾达已经走到门口了。

“当然了。”她向我眨了眨眼睛，让艾米丽进来了。

“别担心，我已经消毒了。”艾米丽说着走了进来。艾达走出去关上了门。

艾米丽和我一起坐在床边。我有些疑惑。

“你怎么知道我在这里的？”

艾米丽看着我身后的墙，上面挂着一枚新的生存奖章，也是第八枚。

“弗里达告诉我的。”她说。

“弗里达？”我更疑惑了。

“她打电话告诉我的。”艾米丽解释说，接着她把我的奖章从墙上拿了下来。

“所以说，你已经有八次死里逃生的经历了！”还不如说我有八次站在了死神的镰刀前。

“是的，我现在算是过着我的第九次人生。”我有点儿骄傲地说。艾米丽无法认同我的说法。

“如果你是一只猫，这将是你的最后一条命。”

艾米丽几乎和弗里达一样“敏感”了。

“再过几天，你就可以回家了。”马克斯医生说。我点点头，把检查结果递还给他。“为什么要回家呢？”我问，弗里达还在家里等着。马克斯医生疑惑地看着我，我也疑惑地看着他。

他耸了耸肩。“到目前为止，你感觉如何？”他问道。到目前为止，我一直很害怕，但我不想和他讨论这个问题。

“这里太臭了！”艾达尖叫着进入我的房间，先是扯开窗帘，然后打开窗户。好的，非常感谢！又不是我干的，她应该投诉在这里煮汤的厨师。艾达把盘子端了出去。凉爽的风从窗口吹进来，很快就到秋天了，第一场雪即将落到山上。山峰在夏末的日光中闪耀，没有云朵遮蔽视野。托比会说：“今天是个好日子，可以去登山了。”

这时，那两个在我胸前的锁扣突然变沉了，变得比平时沉得多。太沉了，我要把它们拿下来。

咔嗒。我把锁扣扣在一起。我仍然没有到过山顶。咔嗒。托比，我很抱歉！

“你能行的！”我突然听到一个声音说。是托比吗？

咔嗒。我再次重复扣锁扣的动作。“你能行的！”

又是那个声音。托比？托比！这不可能是真的。

咔嗒。

咔嗒。

我盯着手里的锁扣。托比出现在我脑海里。

“你能做到的！”他又重复了一遍。

“我能做到的！”我重复着他的话。

托比不出声了，而我也清楚该怎么做了。

“弗里达！”

过了一会儿，门才缓缓打开，弗里达把头探进来。她几乎不敢看我。

“进来吧！”

弗里达犹豫了一会儿，然后扑进了我的怀里。

“我很抱歉。”她在我耳边抽泣着。我抚摸着她的背。“我也是。”

我们就这样待了一会儿。弗里达问："你不生我的气了吗？"

我摇了摇头。我很小心，尽人类所能地小心。但无论我多么小心，都不能保证我明天还活着。我知道——"如果我死了，那并不是你的错。你只是来带走我，你不会杀人。"

弗里达点点头。

"在我的时候到来之前，"我说，"我想活下去，去登山。"

"我也是！"弗里达笑了，"你现在又是我的朋友了吗？"

她用大大的眼睛看着我。我咧嘴一笑，把托比的红色锁扣交给了她。

"直到死亡把我们分开。"我说。

和解

塞缪尔又是我的朋友了。这种感觉太好了！我再也不想和他吵架了。没时间了，我们必须为登山做准备。我们需要太多东西了，比如食物、绳索、安全带、头盔，还有……我忘了。可恶！

第 17 章
终于自由了！

显然，鲁迪和莉斯贝丝不同意我的想法。

“塞米，这真的不行！”

“亲爱的，你现在需要休息！”

“我向你保证，我们明年就去。”

明年？鲁迪应该知道我等不了那么久，我不想再等下去了，我已经等得太久了！但鲁迪却摇了摇头，我简直不敢相信。他的眼里噙着泪水。“我不想失去你。”他说。我无言以对，只能任由他把我抱在怀里。

可我不能听他和莉斯贝丝的。我得去山上，马上就去，在第一场雪降临之前！

“我们后天就出发，”我查了一下天气预报，对艾米丽、查理和弗里达说，“那天的天气很完美。”大家都同意。到那时，艾米丽和查理也该拿到我们的装备了。

我不需要定闹钟，因为我一夜未眠。凌晨四点，病房里的一切都很安静。我在羽绒被下塞了一些衣服，弗里达把枕头揉成一团。如果你不仔细看，真的会以为有个人躺在那里。但那不是我，我已经走了。

弗里达和我偷偷地溜过护士站。其实，她不需要偷偷摸摸，毕竟她有斗篷，但她还是和我一起悄悄地沿着走廊走。脚步声从另一边传过来，我们匆匆忙忙地躲进厕所。等到脚步声过去，确定没有人后，我们才继续蹑手蹑脚地前进。

后来，一路上我们都没有碰到人。这是一个安静的夜晚，连守门人也在打瞌睡。没有人看到我们溜出去。终于自由了！

艾米丽和查理在车站等我们。幸运的是，什么事情都没有发生。看到我们的人越少越好，因为孩子在这个时间独自旅行可能会引来盘问。“谁敢问，我就揍他！”弗里达说。我摇摇头：“没有人会过问。”

我们还是被注意到了。

在火车上，那个倒霉的售票员看起来很困惑，他问艾米丽我们的父母在哪里。

“我们看起来像不能独自坐火车的人吗？我们是不是太小、太笨、太残废了？”艾米丽晃着她的假肢，“说吧！”

售票员支支吾吾：“呃……”

“我已经是一名童子军了。”查理自豪地展示着他的童子军围巾说。

我说：“我们待会儿要到约定的地点和大部队集合。”

“有问题吗？”艾米丽问。

售票员摇了摇头，继续往前走。他甚至忘了检查我们的票。

团队合作

艾米丽并不蠢，她给了售票员一个犀利的眼神，就像我一样。塞缪尔没有说不许这样看别人，他也没有说不允许出示“武器”。艾米丽展示了她的假肢，我想展示我的镰刀，但这不可以。其实只要展示镰刀的尖端就已经足够了。

谁能想到呢？艾米丽和弗里达相处得很好。

我只是不知道该如何看待她们的聊天内容，因为她们正在讨论如何使一个人丧失行动力。虽然，在这个问题上我有一些建议，但我不想引导她们继续讨论下去了。总之，这场讨论的内容无法得到印证，因为找不到志愿者来验证这些方法。最初和我们同坐一个车厢里的那群退休老人逐渐转移到了另一个车厢里。我想，他们可能觉得查理已经成为弗里达的受害者，因为他安详地躺在她的怀里。

我们来到山脚下的一个小村庄里。只有我们下了车。我没看到那些退休的老年游客，他们也有可能躲在雾中。雾太大了，我们只能认出胳膊末端的手。

“我们该怎么找到那座山？”弗里达边问边打开了她的早餐。我是不会让雾挡住去路的。我拿出地图、指南针和 GPS 设备。

“走这边。”

“等一下！”艾米丽一边说，一边从她的背包里拿出一根绳子。“查理，抓好！”她命令道。

查理不愿意：“为什么？我已经不是小孩子了。”

“你不是小孩子，但肯定是第一个迷路的。”

艾米丽还记得他和我在沼泽里迷路的事。查理闷闷不乐，我走过去调解。

“我们最好都抓住绳子！安全第一。”

我、弗里达、查理、艾米丽，我们按照这个顺序牵着绳子。理论上，我们得牵着它穿过村庄。因为什么都看不见，只有白色的浓雾。

按照地图所示，我们刚刚经过了最后一所房子，从现在开始，我们将走过一片开阔的地带。

“我可以走在前面吗？”查理问道，我感觉到绳子后面有一股劲在拉扯。

“我也会看地图。”他想向艾米丽证明这一点。

“别拉了！”弗里达抱怨道。艾米丽喊道：“查理，回到你的位置上！”

我听到快速走动的脚步声。当我转过身来，已经没有了查理的踪迹。

“他在哪儿？”艾米丽问。

浓雾吞没了他。

“查理！”我们朝四面八方呼喊。雾气削弱了我们的声音，我们只能站在原地等待。除非，弗里达会……我看着她。她明白了我的意思，正准备溜进斗篷，突然响起一声哨声，是求生哨发出的哨响。

“查理！”艾米丽喊道，“别动！我们来了！”

我们以最快的速度前进。哨声又响了，这次是从相反的方向传来的。

“查理，你……”艾米丽被一声尖叫打断了。是我的尖叫声，我撞到了什么东西，毛茸茸的东西。

弗里达很高兴：“是一只山羊！”

她胡乱摸着这只动物的毛。“嗯，不怎么软。”她说。

我们没时间抚摸动物了。艾米丽在催促我们，查理又吹响了口哨。

我们继续前进，手上一直拽着那根绳子。慢慢地，雾气散去，能见度已经达到十米。在我们周围，除了山羊，什么都没有，它们边吃草边看着我们。山羊们很可爱。好吧，我也想抚摸它们。

突然，艾米丽从我身边跑去：“查理！”

“我在这里！”

我们定睛向前看，但什么也没看到，只听到了蹄声。

现在声音越来越近了……更近了……非常近了！

“哎呀！”弗里达大喊。查理被一群山羊追着冲出了迷雾。

为了避免被山羊踩踏，我们最好快跑。但查理怎么也跑不动了，艾米丽只好背着他。

“塞缪尔！”弗里达叫道，想拉我上去。我打开背包，往空中洒了许多苹果片，这才摆脱了山羊的困扰。真是一群贪吃羊！

我们的“巧克力怪”回来了——查理的嘴里塞满了巧克力。“吃巧克力是为了安慰我自己，因为我怕失去你们。”他说。艾米丽沉默不语。

“也许我们应该把你留在家里！”她突然说。听了这

话，查理开始抽泣，这么说真是太刻薄了。

“即使是最好的童子军也会在雾中迷路，”我试着缓和气氛。弗里达也附和说：“嗯，我也遇到过这种情况。”

查理笑了。但他运气不好，被一块石头绊倒了，又摔到了鼻子。

我和弗里达想帮忙，但艾米丽阻止了我们。“查理！”她喊道。

“杀不死我的，终将使我变得更强大。”他说着，努力地站起来。泪水涌上了他的眼眶。

“够了！”我喊道，“查理，坐下！”

他的膝盖在流血，还有几处擦伤。

“没事的！”我安慰他。弗里达把印着恐龙的创可贴递给我。

“你真好。”查理啜泣着，倒在我怀里。艾米丽转身离开了，她受不了这种场面。弗里达也让人受不了，她说：“嘿，我也想要拥抱！”

拥抱

我也想拥抱。拥抱让我感到温暖和美好，塞缪尔说这只是荷尔蒙的作用。我希望能有更多的拥抱。

不过，不是每个人都想和我拥抱。我试过了，我经常和查理拥抱，但我能一直抱住的只有塞缪尔的泰迪熊。它不会跑掉，就像一只死兔子。它真柔软啊，但它总有一天会发臭的。最棒的是和塞缪尔拥抱在一起。不过他并不像我希望的那样经常想拥抱，而且他也没有毛。太令人遗憾了！

第 18 章

杀不死你的，终将使你变得更强大！

是时候开始铁索攀岩了。我们就站在它的面前。从这里开始，向山顶攀登。这是本次旅行中最危险的部分。从下往上看，这面山崖几乎是笔直的峭壁。我知道我们准备得很充分，而且已经训练了很长时间，但心里还是很害怕。和鲁迪在一起，我也许没这么紧张。而现在，我们必须在没有他的情况下攀登。会发生什么呢？很不巧，我完全清楚会发生什么。去年有 30 个人死于山区。我摇摇头，理智告诉我：这看起来可能比实际情况更危险。这就对了！

但现在不是想这些的时候，是时候做点儿什么了。先跨出第一步，然后继续前进。托比，我真希望你在这里。弗里达拿出了红色的锁扣。

她把自己钩到了攀岩绳上。

戴上头盔！

开始吧！

实际上，一切都很简单。只要不去想这里不是十二米而是几百米高，基本上它们没有任何区别，只是坠落的时间更长而已。

托比，你看到我了吗？我在登山！我上山了！每走一步，我就离我们的梦想更近了一步。每走一步，我就离兑现诺言更近了一步。我高兴得大叫起来！

但我高兴得太早了。很快我就打滑了，还好锁扣抓

住了我。弗里达也在帮我，她立即抓住了我的手。“不要害怕！”她说，“我会一直在你身边！”我们继续往山上走。

终于，我们成功地完成了铁索攀岩。现在距离山顶不远了。从这里开始，走小路穿过山脊抵达山顶。小菜一碟儿。

第 19 章
别忘了我！

“你高兴吗？”弗里达问道。

这是什么问题。

“这是我一生中最美好的一天。”

我无法抑制脸上的笑意。

我成功了！

我们成功了！

我们站在了顶峰。

我们的上方是无边无际的天空。托比，你看到我了吗？

我能看得很远。

几千米远。

我的面前视野开阔。

我能看到周围的山脉和山谷。但是医院在哪儿，我看不到。鲁迪是对的，在山上你真的会把一切都抛在脑后。

我转向弗里达。

“谢谢！如果没有你，我是不可能成功的。”

她微笑着。“没有你，我也不会成功……没有托比，我也不会成功。”弗里达咔嗒一声摘下她的红色锁扣，把它夹进了一个岩缝里。

我们手挽手再次看向山谷。

“嘿，你们两个，看过来！”艾米丽喊道。

我们看着相机，大笑起来。艾米丽按下了快门。相机捕获了我生命中最美好的一天，它将会被永远保存下来。

最美好的一天

如果有那么一天，你希望它永远都不要结束，那么这就是最美好的一天。我想，我可以和塞缪尔在山上站一辈子。就算现在和他站在别的地方，今天仍然是最美好的一天。我们在一起就是最美好的事情。

最美好的一天也会过去。

“太阳不见了。”弗里达说。更糟的是，阴沉的乌云飘过山顶，雷雨就要来了。“我们得快点儿！”

生活中几乎没有什么可以信赖的，尤其是天气预报。

根据地图显示，附近有一个缆车站。我们可以在那里躲雨。

“艾米丽，你去哪儿了？”

她落后了我们至少十米，而且越来越慢。

“马上来了！”她叫道。

但那是不可能的。艾米丽一瘸一拐，走得很吃力。

“你的腿疼吗？”查理问道。

“不关你的事！”她咆哮道。

“你为什么不告诉我们？”我问。

“告诉你们，让你们说要等残疾人？”艾米丽瞪了我一眼。

“肯定得等残疾人呀。”弗里达说。

“那就走吧！走吧！”艾米丽又喊道。顿时，一道闪电划破天空，接着雷声隆隆。查理吓得往后缩了一下。他挎住了艾米丽的胳膊，艾米丽想把他推开，他不肯。

“杀不死我们的，终将使我们变得更强大！”他告诉她。又一阵雷声来了，这次查理没有退缩。在查理的搀扶下，艾米丽继续往前走。突然，泪水涌上了她的眼睛。她说："对不起。"

查理和我都很惊讶。

"我总是对你很严厉，"艾米丽抽泣着，"我只是想让你变得坚强。"她指着他的皮疹，"这样就没有人能再伤害你了。"

"我很坚强。"查理说。艾米丽点点头，紧紧地拥抱了她的弟弟。就像我和弗里达一样，我们也紧紧地拥抱在一起。

真正的感情

塞缪尔说，真正的感情就像真正的朋友一样，非常难得。感情像含羞草，很容易让人感到羞怯，有些感情一旦流露，就会立刻被隐藏起来。艾米丽的感情就特别像含羞草。起初，塞缪尔不允许我拥抱他，我有点儿生气，后来我理解了。现在塞缪尔和我拥抱在了一起。

我们没有太多时间拥抱。雷雨正在肆虐，缆车站还很远，而我们急需一个避难所。一只土拨鼠吱吱叫着，躲进了一个洞里。我们要是能变成土拨鼠就好了。“来吧，放下所有的金属物品！大家都躲进洞里去。”

我们把艾米丽带到岩石之间的一个小洼地。她蹲在自己的背包上，以降低自己的高度。做得很好！

查理躲在几米开外的一个沟壑里。等他安全之后，我也该找个地方避一避了。弗里达和我在一起。“我不会丢下你一个人的。”

冷风把雨水吹到了我的脸上，我看不到艾米丽和查理。但只要大死神不出现，我就知道他们还活着。弗里达发誓，她一见到大死神就会告诉我。

一缕阳光穿过云层，暴风雨终于结束了。

弗里达是第一个站起来欢呼的人。但她在潮湿的岩石上滑倒了。我及时抓住她，把她拉了上来。

“你真幸运！”我笑着说。但幸运没有持续太久。突然，我脚下的一块石头开始松动，我失去平衡跌倒了，石头滚下了山。刹那间，我眼前一片漆黑。

“塞缪尔！”我听到弗里达在叫我，但是声音很微弱。仿佛有人在我的耳朵里用棉絮垒了一堵墙。我缓缓地睁开眼睛，转过头。弗里达正朝我跑来。我的眼睛再次闭上，太沉了，一切都是黑色的。

“塞缪尔！”我又睁开了眼睛，看着弗里达。

“对不起，”她抽泣着，用手抚摸着我的脸，“都是我的错！”

“别动！艾米丽和查理叫了救援队。他们马上就到了。”她说，但为时已晚。他来了，这次不用弗里达来告诉我了。

他长得和我记忆中的一模一样。他比任何人都高大，身上的斗篷是最黑的黑色，和弗里达的斗篷一样黑。

“大死神来了。”我想对弗里达说，但我一个字也吐不出来。弗里达还是明白了我的意思。她转过身，我感觉她和我一样害怕。

恐惧在我的身体里蔓延，将我与世界分开。只剩大死神、弗里达和我。我的呼吸突然变得异常困难。我的心在狂跳，仿佛知道这是它通过血液输送的最后一丝氧气。一切都要结束了。

“我要死了吗，弗里达？”

弗里达抚摸着我的脸，为我擦去眼泪。我都没意识到自己哭了。

大死神靠得更近了。

“弗里达，我害怕！”

“我也是。”她低声说。

她把我的头枕在她的腿上。她抱着我，陪着我。当我看到群山时，天气变得更暖和了。也许这是我最后一次看到这些了。

我终于可以说我来过这里了。真的！在这里，我登上了一座山，信守了我的诺言。我还想要什么呢？

突然，我的内心平静了下来。心脏停止了狂跳，呼吸也不再急促，我终于露出了微笑。

“谢谢你，弗里达！谢谢你成为我的朋友。”

弗里达看着我，摇了摇头。“现在也是，”她说，“现在我还是你的朋友。”

我点头：“真正的友谊将会超越死亡。”

“而且肯定会走得更远。”她说。

大死神近在咫尺。

弗里达紧紧地抱着我。

“该考试了，弗里达！”我握住她的手。

她又摇了摇头：“我不想你死。”

我叹了一口气说：“我的时候到了，即使是你也无能为力。”

弗里达哭了。

“你想成为大死神，不是吗？”

她什么也没说。

我说：“别忘了我，弗里达！”

我比以往任何时候都累。我再也睁不开眼睛了，视野里最后看到的是弗里达和她身后的群山。

我来了，托比。

害怕（二）

这是不可能的！我不能失去他。他是我的朋友！我最好的朋友！我很害怕！害怕塞缪尔会死。我不希望这样！我不希望这样！我不会让这种情况发生的！我不会的！我不会带他走的！我不在乎能不能当上大死神。不行我就继续带走死去的兔子，反正它们的毛发比较柔软，但我决不会带走塞缪尔！我想让塞缪尔活下来！我不会带他走的。我不会带他走的!!! 而且我也会确保他不被大死神带走。

我微微睁开双眼。是弗里达，她穿上了斗篷，拿出了镰刀。

现在是时候了。我快死了。

但是她冲大死神喊道："我的朋友不会死！"

"弗里达，你在做什么？"我勉强喊道，声音轻得像耳语。

弗里达差点儿碰到了大死神。她挥舞着镰刀，但他比她高大得多，她根本没有机会。大死神只是站在那里。只有当弗里达冲向他时，他才会张开双臂。弗里达挥舞着她的镰刀，但这根本奈何不了大死神，他一下就从她手中夺走了镰刀。弗里达落在他的怀里，下一刻他们就都消失不见了。

"弗里达！"我叫出了声。

"塞缪尔！"我听到艾米丽的声音从上面传来。我还没来得及回答，眼前又黑了过去。

第 20 章
终有一天，我们会再相见

我又在医院了。而且我还活着，暂时还活着。

“弗里达在哪里？”这是我睁开眼睛后问的第一个问题。鲁迪和莉斯贝丝坐在我的床边。莉斯贝丝递给我一张纸条。

“这是前台送来的。”

我马上意识到，这是弗里达从笔记本上撕下来的。

“亲爱的塞缪尔，我很好。但我得回到我爷爷身边了。向大家问好。弗里达。”

她走了，这次真的走了。莉斯贝丝抚摸着我的头。我哭了，为什么她走了而我还在这里？莉斯贝丝抱着我。她总是在我身边，这辈子她都是这么做的。

“妈妈。”我抽泣着。

鲁迪笑了笑，拥抱了我们两个。

“爸爸！”

现在我们三个都哭了。

“别告诉我，你是因为要离开我们所以伤心？”艾达说道。她似乎仍然觉得我是一个需要在收拾行李时被看管的儿童。我不以为然地说：“不，我很高兴。”这也是事实。但我仍然在想念弗里达。

“嗯，但愿如此。”艾达说罢，从包里拿出了我刚刚叠好的毛衣。她把它展开，再折起来。好吧，她要这么幼稚的话，就是她自己的事了。

“我听说你要去上学了。”我点点头。艾达无视我愤怒的目光，从袋子里掏出我的T恤。我陷进椅子里。懒得管了！

艾达的传呼机在响。她看向我。

“你为什么坐在那里？快点儿，快点儿！马上就有人来接你了，在那之前，我要看到一个收拾整齐的行李！”

艾达出去了。这个女人可真烦！她先是打乱了我的东西，然后又让我来收拾。

包快收拾好了，只剩照片要从墙上取下来。这些是登山旅行的照片。查理、艾米丽、弗里达和我的旅行。

马克斯医生说我没有生命危险。“你知道，在精疲力竭和焦虑的情况下，我们的大脑可以想象出最不可思议的事情。”

如果马克斯医生说的是对的，弗里达根本不可能来找我。大死神为什么在那里？他为什么要带走弗里达？我想不明白这一切。

这时，有人拍了拍我的肩膀，我转过身来，几乎不敢相信自己的眼睛。

“弗里达！”我把她紧紧地抱在怀里。我一定像恋爱中的人一样满面春风，弗里达看起来却像雷雨中的落汤鸡。

“弗里达，这是怎么回事？”

她咽了咽口水：“我是来道别的。”

“什么？你才刚回来。”

“我当人类的时间结束了。”

问题在我脑子里堆积如山，有一个我特别在意：“为什么我还活着？”

弗里达点点头，笑着说：“这是一件好事。大死神从来都不是想让我来带走你。他是希望我能明白生命对人们意味着什么。这才是真正的考试。”

“那你通过考试了吗？”

“在我保护你不被大死神伤害的时候，我就通过了。”

我看着弗里达，她的目光落在了墙上。这是我们的最后一张照片——弗里达和我在山上。我把照片给她。“这样你就不会忘记我了！”

弗里达看着照片笑了，她的眼睛湿润了，我也一样。我们哭了。

弗里达抽泣着说：“我得走了！”

她把照片藏在斗篷下面。

“照顾好自己！”

我点头。

“但也别谨慎过头了！”她咧嘴一笑。

我也笑了。“我会想你的。”

我最后一次拥抱了弗里达。这一分钟就像是永恒，我们就这样站在那里。

时间到了，她得走了。

“终有一天，我们会再见面的。”我轻声说。

弗里达微笑着点点头，钻到她的斗篷下，消失了。

友情

查理说，爱情是最美好的。爱情比友情更重要。但我认为友情是最美好的。我不知道谁是对的，也许友情和爱情一样美好。有一件事我敢肯定：我爱你，塞缪尔！

突然，吵闹的声音变大了。艾米丽、查理、马穆特和松垮衣服天团出现在了房间里。莉斯贝丝和鲁迪也在往里挤。他们是来接我的。

“我们有礼物送给你！”查理喊道，马穆特从包里掏出一件童子军衬衫。

“如果你愿意的话，你就是童子军了。”艾米丽说。

我现在是正式的童子军了。

艾达走进房间。“准备好了吗？”她眯着眼睛看着我的包。

“马上！”

艾达和我还有笔账要算。我床头的抽屉里有东西要给她，是一盒巧克力。“给你。这次我不会把它压扁了，我保证！”

艾达笑着，紧紧地拥抱了我。

“但也许我会把你压扁。”

以艾达的腰围，并非完全不可能。

“好了，你们走吧！”

所有人都离开了，只有我还剩最后一件小事要做：拉开窗帘。

我拉开了窗帘，秋天的阳光洒进房间。希望这是最后一次从这个窗口看外面的群山。它们闪闪发光，被初雪覆盖，两片云彩从上空飘过。我看着它们。它们看起来像大死神和小死神。

“弗里达。”我低声呢喃。

“塞缪尔！”莉斯贝丝喊道，把头伸进来。我转过身来。“来了。”现在真的是时候离开了，大家都在等我。

再见，弗里达！